Charly

Igel unter der Haut

Sigrid Wagner

Sigrid Wagner

Charly

Igel unter der Haut

Jugendroman

Bibliografische Information der Deutschen Nationalbibliothek: Die Deutsche Nationalbibliothek verzeichnet diese Publikation in der Deutschen Nationalbibliografie: detaillierte bibliografische Daten sind im Internet über: dnb.dnb.de abrufbar.

Herstellung und Verlag:
BoD – Books on Demand, Norderstedt
ISBN: 9783757806095

Inhalt

Vorwort

In dem verträumten, sächsischen Dorf Beeshain, 1200 Seelen, lebt die 12 - jährige Charlotte, genannt Charly. Wohlbehütet von ihrer Mutter und den älteren Schwestern wächst sie unbeschwert auf. Sie ist immer gut gelaunt und sehr hilfsbereit, aber ab und zu auch sehr nachdenklich.

Ihren Vater hatte sie nie kennengelernt, da er bei einem Arbeitsunfall ums Leben kam, da war sie gerade ein halbes Jahr alt. Ihre Mutter hatte es nicht leicht, aber das wurde ihr eigentlich erst Jahre später richtig bewusst.

Mit guter Beobachtungsgabe, großer Wissbegier und einer Portion Misstrauen ist sie stets auf der Suche nach Gerechtigkeit und tritt dabei schon mal den Erwachsenen auf die Füße.

Orte und Personen sind frei erfunden, doch die Handlung selbst wird getragen von unzähligen Erinnerungen aus der eigenen Kinder- und Jugendzeit.

Lässe

Er saß einfach da - einfach so, als wäre er nie weg gewesen. Ich war etwas überrascht und schaute zu ihm rüber. Doch das bemerkte er wohl gar nicht. Er saß teilnahmslos in seinem Stammsitz, einer uralten, ausgehöhlten knorrigen Wurzel, geformt wie ein Sessel mit Lehne und Armstützen. Die langen Beine baumelten herunter und die abgewetzten Schuhspitzen strichen im Sekundentakt über den groben Sand, der überall herumlag. Das knirschte und ratschte bis zu mir, war nervig. Doch er schien sich nicht daran zu stören.

Mit gesenktem Kopf stierte er auf den Boden, dabei fiel ihm eine lange braune Haarsträhne ins Gesicht, so dass ich es nicht erkennen konnte. Nur hinten waren seine dichten Haare hoch geschoren, sehr ungewöhnlich, aber es stand ihm.

Ich gab mir einen Ruck und pirschte mich näher heran. Dann werde ich ihn eben einfach anquatschen, im Dorf redete jeder mit jedem, na ja, Ausnahmen gab es schon. Manche waren sich auch nicht grün, wechselten lieber die Straßenseite, damit sie sich nicht grüßen brauchten.

Doch ehe ich dazu kam, federte er gekonnt ab und trottete in Richtung Dorfausgang. Dann eben nicht, warum sollte er mich beachten, schließlich war er vier Jahre älter, kaum zuhause, ein richtiger Einzelgänger. Aber unterhalten hatten wir uns schon, bevor er wieder für längere Zeit weg war. Niemand wusste so genau, warum er mal da, mal weg war. Im Dorf munkelte man, seine Mutter würde wohl nicht fertig mit ihm, er baue nur Mist. Vielleicht weckte gerade das mein Interesse. Denn eins stand für mich fest,

7

die Erwachsene waren manchmal auch ganz schön komisch. Von den Kindern verlangten sie, dass die immer ehrlich sein sollten. Aber selbst redeten sie über bestimmte Sachen und machten es dann doch ganz anders.

Der Bäckermeister Berthold zum Beispiel schimpfte immer mit den Kindern, wenn sie auf dem Weg zur Schule im Laden lautstark nach Kuchenrändern fragten. „Geht das nicht leiser, ich muss jetzt schlafen", rief er jedes Mal brummig aus der Backstube. Aber kurz danach lief er zur Hintertür raus, und verschwand im Nachbarhaus der schönen Witwe Meyer und die Bäckersfrau stand allein im Laden. Und wenn ich nachdachte, fielen mir noch einige kuriose Dinge ein, die ich bei den Erwachsenen ständig feststellte.

Gedankenversunken trabte ich über den kreisrunden Platz, wirklich kreisrund – Treffpunkt für Groß und Klein und wenn sich jemand hier verabreden wollte, hieß es immer: bis dann und dann am –Kreißl -, das sagten sogar die Alten. Babsi, Leni und Eule rempelten mich an. Ich hatte sie gar nicht kommen gehört, bis sie laut schnatternd neben mir standen. Aufgeregt plusterten sie um mich herum und Babsi piepste hinter vorgehaltener Hand. „Eh, Charly, war das nicht Lässe?" Ich wand mich wie ein Wurm. „Was meinst du?", murmelte ich undeutlich und wurde etwas rot dabei. Ich wusste es genau; er war es! Leni trampelte ungeduldig.

„Was ist nun mit Morgen, um drei, gehen wir zu unserem Treff?"

„Klar, um drei hier am Kreißl", bestätigte ich, und war froh, dass Babsi abgelenkt war und mich nicht weiter löchern konnte. „Und bei euch ist doch alles klar, oder?" Babsi und Leni nickten.

„Klaro!, gab Eule seinen Kommentar noch dazu. „Aber jetzt muss ich nach Hause. Heute ist wieder großer Stammtisch und da helfe ich immer mit, na ihr wisst schon", er grinste verschmitzt und rieb die Fingerspitzen zusammen. „Vielleicht kriege ich auch mit, was im Dorf so los ist.", setzte er noch einen drauf und lief rüber zum „Eulenwirt" unserer Dorfkneipe, die gehörte seinen Eltern.

Die Mädels hakten sich ein und hopsten kichernd um mich herum, zwitscherten „Tschüss Charly, bis morgen", und weg waren sie - Mädchen eben!

Doch in meinem Kopf wirbelten schon wieder andere Gedanken und nicht gerade rosige. Ungutes schlich sich ein, ich definierte es immer als Igel unter der Haut, wenn es mir überall kribbelte, komisches Gefühl. Und da hörte ich es schon, laute knatternde Geräusche. Ich starrte angestrengt in die Richtung, bis mir die Augen wehtaten. Umsonst, ich konnte nichts erkennen und musste unbedingt näher heran. Hinter den wenigen Büschen schlich ich mich leise wie eine Katze an und beobachtete etwas, was mir gar nicht gefiel. Zwei Typen in derben Stiefeln, Jeans und abgewetzten alten Lederjacken stiegen von einer alten Java ab und machten sich an unserem Wahrzeichen breit. Die langen Haare hingen verstrubbelt unter speckigen Kappen hervor. Sie schauten umher und fuchtelten wild mit den Armen herum.

Da löste sich ein Schatten unter der uralten mächtigen Kastanie und gesellte sich dazu. Lässe - ich hatte es geahnt, was hatte Lässe mit diesen Typen zu tun? Die hatte ich noch nie im Dorf gesehen. Shit, Shit!

Leider konnte ich nicht näher heran, ohne meine Deckung zu verlassen, Lässe redete nicht, versuchte Abstand zu halten und winkte immer wieder ab. Aber die beiden nahmen ihn richtig in die Mangel, schubsten und rangelten, rückten ihm nah auf den Leib. Einer stach Lässe mit dem Finger vor die Brust, da senkte er den Kopf. Es knatterte und stank, der Spuk war vorbei

„Charlotte, was ist los mit dir, du wälzt dich hin und her, redest komisches Zeug und ich kann nicht schlafen!" Von weit her drang die Stimme in mein Ohr und ich saß vor Schreck kerzengerade in meinem Bett, Evi, meine drittälteste Schwester, auch. Wir teilten uns ein Zimmer, genau wie Ursel und Christel, mehr Platz war eben nicht.

„Tut mir leid, liebe Schwester", flötete ich zerknirscht zu ihr rüber, ließ mich dann mit einem lauten Plumps zurückfallen und zog mir die Bettdecke bis an die Nasenspitze. Aber einschlafen konnte ich nicht mehr.

Wenige Minuten später hörte ich Evis tiefe Atemzüge und schälte mich ganz leise aus meiner warmen Hülle. In der Dunkelheit tastete ich mich zur Tür und die kleine Treppe zum Boden hinauf.

Ich zog an einem dünnen Strick und eine erbärmliche Funzel ging an. Der herumstehende Krempel warf gespenstige Schatten umher und in den Ecken raschelte es. Ziemlich unheimlich, aber hier war mein geheimer   Rückzugsort und ich hatte keine Angst, war oft hier oben. Durch eine kleine Luke im Giebel behielt ich den alten Bunker im Auge. Eigentlich waren es nur Mauerreste, dicht bewachsen mit Gras und Moos, die von einem Bunker aus dem zweiten Weltkrieg übergeblieben waren. Geheimnisvolle Geschichten wurden im Dorf darüber erzählt. Eine davon beeindruckte mich ganz besonders, und ich malte mir immer wieder aus, was ich getan hätte, wenn ich damals schon in diesem Dorf gelebt hätte. Der damalige Bürgermeister, ein durch und durchgetreuer Hitler Anhänger, hatte sich ein großes Depot mit allerlei Hamsterware im Bunker angelegt. Bei einem seiner Kontrollgänge entdeckte er eines Nachts drei junge Männer, die sollten als Soldaten eingezogen werden. Sie wollten aber nicht und versteckten sich im Bunker. Zwei Tage später waren sie weg und kehrten nie in ihr Dorf zurück. Und von der Kräuter – Ruth wusste ich, dass der Bürgermeister ein Jahr später, nach Ende des Krieges, bei einem Jagdunfall ums Leben gekommen war, die Umstände wurden nie ganz aufgeklärt, keiner redete davon und die Dorfbewohner wussten von nichts. Das erzählte sie mir hinter vorgehaltener Hand, werde ich mal meine Mutter fragen.

Mein Igel meldete sich schon wieder und ich starrte hinüber zum Wäldchen. Es lag friedlich, eingehüllt im fahlen Mondlicht, auf der kleinen Anhöhe. Alles ruhig, keine Bewegung, keine blinkenden Lichter – Gott sei Dank. Das war wohl diesmal falscher Alarm in mir drin. Die alte Kirchturmglocke läutete Mitternacht, und ich kuschelte mich unter die Bettdecke, konnte endlich einschlafen

Am Morgen war ich allein im Haus. Frau Hummel, unsere Zeichenlehrerin, war erkrankt und wir hatten die erste Stunde frei. Gemütlich schlenderte ich mit einer Marmeladenstulle von einem Raum in den anderen. Das aufregendste Zimmer war natürlich

11

verschlossen, das Zimmer der beiden Ältesten, obwohl die dritte auch nur ein Jahr jünger war, aber die schlief ja bei mir.

Zu gern hätte ich etwas herumgeschnüffelt. „Blums!", ein breiiger roter Fleck klatschte vor meine Füße. „Mist!" Mit einem feuchten Lappen wischte ich über den blanken Holzboden, aber beim nächsten Rundgang klebte es immer noch.

„Hallo, ist jemand da?", krähte eine hohe Stimme, und es klopfte laut an der Tür. Ich riss sie auf und prallte um ein Haar mit dem mächtigen Busen der Frau Ewers unserer Nachbarin zusammen. „Post für euch, meine Liebe. Ach nein, nur für Christel, deiner Schwester! "korrigierte sie und wedelte wichtig mit einem dicken Kuvert vor meiner Nase herum.

„Danke, Frau Ewers!"

Wie angewachsen blieb die stehen. Aber ich drückte die Tür vor ihrer Nase zu. Bei der Ewers musste man sich jedes Wort überlegen. Sie war krankhaft neugierig und wenn sie etwas mitbekam, machte das sofort die Runde durchs ganze Dorf. Ich beguckte mir den Brief und am Absender konnte ich erkennen, er kam aus der Kreisstadt, und zwar von einem Friseurgeschäft.

„Lass es eine Zusage sein!", betete ich laut. Christel wollte unbedingt Friseuse werden, und nur Friseuse. Sie hatte schon einige Bewerbungen weggeschickt, ohne Erfolg. Hoffentlich klappte es diesmal, Im Moment war sie unausstehlich.

Nach der Schule war am „Kreißl" noch nichts los und ich viel zu früh dran, wir hatten uns für drei Uhr verabredet. Biene und Co, saßen am Sandkasten und lieferten sich Wortgefechte mit Sprosse. Sprosse war der Sohn des Apothekers Hinrich. Der Apotheker meinte, er wäre nach dem Bürgermeister der zweitwichtigste Mann im Dorf. So benahm sich auch sein Sprössling. Doch der hatte keinen Erfolg damit. Und schon gar nicht bei Biene, die blieb ihm keine Antwort schuldig. Sein Vater war sonst in Ordnung, vielleicht zu freundlich. Nur die Kräuter-Ruth konnte er gar nicht leiden. Und wenn er beim „Eulenwirt" zum Frühschoppen ein Gläschen zu viel getrunken hatte, polterte er laut herum, „die alte Hexe versaut mir das Geschäft." Alle lachten jedes Mal darüber, sie wussten ja, dass es nicht bös gemeint war.

Sprosse hatte mich entdeckt. „He, Charly, guck mal wo ich sitze!", prahlte er laut und wollte damit die Jüngeren beeindrucken., breitete weit seine Arme aus, „Auf meinem Thron."

„Aber nicht mehr lange", konterte ich und lief feixend an ihm vorbei, „Lässe ist wieder da."

„Lässe, Lässe", äffte er nach, schaute dabei mit flinken Augen umher und lehnte sich dann in aller Ruhe zurück. „Wo ist er denn, Leute, sieht hier irgendjemand Lässe?"

Ich ersparte mir eine Antwort, ein alter grüner Jeep quälte sich die Straße herauf. Herr Weller, unser Dorfsheriff wollte gerade am „Kreißl" vorbeifahren. Ich lief in Windeseile über den Platz, stellte mich mitten auf den Weg und zwang ihm zum Anhalten.

„Charly, was soll das?", rief er barsch und sein mächtiger Schwabbelbauch wackelte dabei hin und her. „Ich habe wenig Zeit, muss hoch zum Bauer Grote. Bei ihm wurde gestern Nacht ein Schaf gerissen. Jetzt erzählt er herum, er hätte einen Wolf gesehen. „Äh, nun ja", stotterte ich verlegen und versuchte mein Feixen zu unterdrücken, „da will ich sie nicht aufhalten, wollte nur sagen, habe zwei Fremde gesehen, zwei komische Typen auf einem Motorrad. Die gefallen mir gar nicht."

„Mir auch nicht, Charly, mir auch nicht", antwortete Herr Weller ernst. „Aber dagegen kann ich nichts tun, nicht jede Nase gefällt uns, nicht wahr. Ich habe sie nur darauf hingewiesen, dass wahrscheinlich der Auspuff defekt ist und sie es in Ordnung bringen sollen. Du kannst aber ruhig die Augen offenhalten und sobald dir etwas Ungewöhnliches auffällt, kommst du damit zu mir, klar! Und jetzt mach Platz", brummte er grinsend und knatterte davon.

„Charly!", kreischte Babsi quer über den Platz und ruderte mit den Händen, „wo steckst du denn?"

„Ich bin doch schon da. Und, gehen wir jetzt mal hoch zum GTB?" Diese Abkürzung für Geheim Treff Bunker hatten wir uns ausgemacht. Die Erwachsenen sahen es gar nicht gern, wenn wir uns tort trafen und herumstöberten. Aber genau das reizte ja, vor allem mich.

Meine Freunde schauten sich komisch an und drucksten herum. „Was ist", drängelte ich, „wollten wir nicht nach dem Rechten sehen und alles Mögliche bequatschen?"

„Ich weiß nicht", fing Eule an, „im Dorf wird so dies und das gemunkelt. Gerade erzählte der Bauer Grote in der Wirtschaft, es treiben sich fremde Gestalten herum, auch im Wäldchen. Und die Krönung; gestern Nacht hätte ein Wolf seine Schafe angegriffen und eins davon sogar gerissen. Mein Vater hat es mir verboten, in dieses Wäldchen zu gehen."

Leni sagte gar nichts dazu, aber Babsi bestärkte ihn noch.

„Meine Eltern haben es mir auch verboten", die haben mit dem Förster gesprochen", krähte sie laut.

„Eh, Leute, es ist doch noch hell am Tag", wollte ich sie beruhigen, obwohl mir auch leise Zweifel kamen. Die ließ ich mir aber nicht anmerken. „Nun macht schon, einmal ganz schnell gucken oder seid ihr feige?", lockte ich sie und lief einfach los, drehte mich um und siehe da, sie trabten zögerlich hinter mir her. Doch am Ende der Wiese stoppten sie plötzlich. „Ne, Charly, wir kehren wieder um", rief Babsi und packte Leni am Arm, „sei nicht sauer."

„Ist ja gut, ich bin nicht sauer", reagierte ich gönnerhaft und schaute Eule fragend an. Der hampelte hin und her, wollte aber kein Weichei sein.

„Nur ganz kurz, Charly! Wenn etwas komisch ist, verschwinden wir, versprochen?"

„Versprochen!", brummelte ich erleichtert, als er mit mir den Weg zum Bunker fortsetzte. Im Wäldchen war es schon düster und im Bunkereingang sah man im ersten Moment gar nichts mehr. Ich ging voran und tastete mich vor, die Augen gewöhnten sich schnell an die Dunkelheit, Eule zögerte noch und blieb immer wieder stehen.

„Nun komm endlich Eule, und hilf mir. Hier stehen Kartons, eine Menge, habe ich es doch gedacht, hier stimmt irgendetwas nicht", flüsterte ich halblaut nach hinten, „es sind mindesten 5 Kisten, abgedeckt mit einer Plane. Lass uns eine schnell in unser Geheimversteck schieben und verschwinden, später kucken wir dann nach. Nun mach schon mit!" Eule schob ein wenig mit, richtete sich aber plötzlich kerzengerade auf und lauschte angestrengt.

„Lass uns jetzt verschwinden, Charly, da kommt jemand, los schnell weg hier!"

„Ja, ja, wisperte ich genervt und zerrte den Karton noch ein Stück weiter in eine tiefe Nische, „ich komme ja schon, wo bist du?" Keine Antwort und da hörte ich es auch, Stimmen und ein schlürfendes Geräusch. Schnell wollte ich aus dem Bunker schlüpfen, aber es war zu spät. Zwei übergroße Schatten machten sich im Eingang breit und ich zog mich in die allerletzte Nische zurück. In meinem Versteck bekam ich jedes Wort mit. Jetzt kroch die Angst in mir hoch und ich traute mich kaum zu atmen. Das mussten die Bekannten von Lässe sein, er hatte uns verraten, dachte ich und spürte nur noch maßlose Wut. Sie hatten die Bunkermitte erreicht, schnieften und rülpsten laut dabei und fummelten an der Plane herum.

„Hast du das Weichei noch mal gesehen?", grunzte einer.

„Nee, nur gestern Nacht. Ist auch besser so, der macht nicht mehr mit, hat Schiss in der Hose. Vermasselt uns noch die ganze Sache. Er will ordentlich werden, ha, ha, einmal Ganove immer Ganove". Der andere lachte hässlich und spuckte auf den Boden.

„Ja, ja du hast recht", pflichtete der erste bei, „der taugt nichts und außerdem brauchen wir nicht teilen, das ist doch gut für uns." Plötzlich verdunkelte ein weiterer Schatten den Eingang.

„Still, Schwachköpfe, geht's noch lauter. Ich kann euch ja bald bis ins Dorf hören. Keine Lust darauf, dass der blöde Forstgehilfe herumschnüffelt. Also haltet die Backe und zeigt mir die Kisten, aber dalli, oder seid ihr angewachsen", schnaufte der Ankömmling wütend.

Schlagartig verstummten die Fremden und ich hörte es nur noch rascheln. Mir lief es eiskalt über den Rücken, ich kannte diese Stimme. Das war der alte Zieckler, ein furchtbarer Kerl. Er arbeitete zwei Orte weiter am Verladebahnhof, war immer nur auf Streit aus. Genau wie seine Söhne, immer streitsüchtig und brutal. Sie hatten keine Freunde im Dorf, im Gegenteil, die Leute im Dorf gingen den Ziecklers aus dem Weg.

„Hier Chef, hier sind sie", schleimten die Beiden und zerrten die Plane zur Seite. Für paar Sekunden war es totenstill. Dann zischte der Alte leise, gefährlich wie eine Natter.

„Das sind vier Kisten, ihr Schwachköpfe, vier, versteht ihr das! Wo ist die fünfte?" Zieckler platzte fast vor Wut. Er stiefelte mit seinen derben Arbeitsschuhen über den Steinboden und schlug mit einem Stock den Takt dazu.

„Wo ist die fünfte Kiste? Habt ihr sie zur Seite geschafft oder der andere, der Weinhold?"

Unheil lag in der Luft. „Ich zerquetsche euch wie Ungeziefer, zertrete euch wie Ameisen. Habt ihr das verstanden? Oder noch viel besser, ich schicke euch meine Jungs auf den Hals! Die machen Hackfleisch aus euch, ihr Würstchen", tobte er weiter mit gewaltsam unterdrückter Stimme und schlug immer wieder auf die Plane ein, klatsch, klatsch. Dabei bekam wohl einer etwas ab, der schrie vor Schmerz laut auf.

Mir wurde plötzlich schlecht. Zusammengeduckt in meiner Ecke lief mir das Wasser den Rücken runter und Tränen übers Gesicht.

‚Ach du große Kacke' dachte ich nur, wenn die mich jetzt hier entdecken würden…

„Ge…gestern Nacht waren sie alle da Chef", stotterte einer und drückte sich an der Wand entlang, um diesen Stock auszuweichen. „Ehrlich, Chef, wir haben sie hier abgestellt, alle fünf und……eins, zwei, drei und vier, das glaube ich nicht."

„Genauso war es, Chef, alle fünf", quakte der andere nach.

„Haltet das Maul, ihr Versager. Morgen früh um fünf hole ich sie ab, alle fünf; Capito! Alle fünf, und wenn ihr das vermasselt, zerquetsche ich euch wie Ameisen, Klaro? Und jetzt sucht! Schiebt eure Karre, bewegt euch unauffällig!" Er zurrte den Stock noch einmal durch die Luft, so nahe bei mir, dass ich den Windhauch spüren konnte, und verschwand wieder, Gott sei Dank!

„Was machen wir denn jetzt, suchen hat keinen Sinn im Finsteren.", jammerte einer der Komplizen.

„Doch wir suchen! Aber nicht nach der Kiste, sondern nach dem Weichei. Der war gestern Nacht dabei, muss die blöde Kiste wieder ranschaffen", schnaufte der größere und weg waren sie.

Endlich! Meine Knochen waren so steif, dass ich sie kaum bewegen konnte. Beim Aufrichten fiel ich noch einmal in die Hocke zurück und spürte plötzlich einen wahnsinnigen Schmerz in der rechten Wade. Den Aufschrei konnte ich gerade so unterdrücken und biss für Sekunden in meinen Jackenärmel. Ich humpelte zum Ausgang, spähte in alle Richtungen und lief so schnell es nur ging am niedrigen Gestrüpp entlang in Richtung Dorf.
Der Waldweg verlief parallel dazu, hatte einige leichte Kurven und ich war schneller. Das Bein schmerzte wie wild, egal nur nach Hause. Kurz vor der freien Wiese endete das Gestrüpp und auch meine Deckung. Ich wurde an der Jacke gepackt, flog einfach so

von den Füßen und landete im letzten Gebüsch. Ehe ich einen Muckser von mir geben konnte, hielt mir jemand den Mund zu und zischte mir aufgeregt ins Ohr. „Wo ist die fünfte Kiste?"

Ich drehte ein wenig den Kopf und sah Lässe. Sehr ernst schaute er mich an und fragte noch zwei-, dreimal nach der Kiste. Jetzt wurde ich wütend. „Das fragst du? Ich hasse dich, du bist so mies, hast unseren Treff verraten!"

„Hör jetzt auf damit", zischte er genervt. „Das ist kein Spiel, du hast doch den Zieckler erlebt. Er macht uns alle fertig. Ich muss die beiden Trottel abfangen und es in Ordnung bringen. Verstehst du das? Wo ist die Kiste?" Beschwörend, fast bettelnd sah er mich an.

Plötzlich tauchte die letzte halbe Stunde wieder vor mir auf, genau wie meine Schmerzen, und meine Wut verrauchte, mir wurde klar, es war ihm sehr ernst. „Wenn du vor den Kisten stehst, zwei Meter nach links ist eine tiefe Nische, da steht sie", schluchzte ich und fasste an mein Bein.

„Bist du verletzt?"

„Ich glaube ja, aber es geht schon, komme klar."

„Tut mir leid, ich kann dir jetzt nicht helfen, muss die beiden abfangen, ehe sie dich sehen, muss sie zurück zum Bunker lotsen, verstehst du, verdammt, da sind sie schon", stieß Lässe abgehackt hervor und sprang mit einem Satz auf den Weg zurück. Pfeifend ging er auf die Gestalten zu, ehe sie die letzte Biegung erreicht hatten.

Ich blieb noch eine Weile hocken, mein Bein pochte wie wild und die Tränen liefen mir über das Gesicht, Und trotzdem rieselte auch ein wenig Wärme durch meinen Körper. Neben Ärger hatte auch etwas Sorge in seiner Stimme mitgeschwungen, oder hatte ich es mir nur eingebildet. Mühsam quälte ich mich hoch, biss die Zähne zusammen und humpelte quer über die Wiese.

Evi empfing mich schon an der Haustür und schaute mich mit gerunzelten Augenbrauen von allen Seiten an. Ich schob sie einfach zur Seite, „Charlotte, du bist spät dran und wie siehst du eigentlich aus? Ich wollte gerade schauen, wo du bleibst, wir haben uns Sorgen gemacht, Mutti hat sich schon hingelegt", rief sie mir streng hinterher, als ich an ihr vorbei schlüpfte und im Waschzimmer verschwand. So durfte sie mich auf keinem Fall sehen.

„War ein verrückter Tag heute, gehe auch gleich ins Bett", antwortete ich mühevoll durch die geschlossene Tür. Ich musste etwas sagen, sonst wäre sie hinterhergekommen, das hätte noch gefehlt.

„Ist gut, ich muss noch mal kurz weg, habe dir einen Teller mit Leberwurststullen und Gürkchen auf den Küchentisch gestellt. Ich schaue dann noch mal zu dir rein und mach leise, der Mutti geht es heute nicht so gut", antwortete sie schon etwas versöhnlicher und gab sich damit zufrieden.

Die Haustür fiel ins Schloss und ich war heilfroh, viel länger hätte ich nicht durchgehalten. Meine Beine wurden immer schwerer und Hunger verspürte ich überhaupt nicht. Ich lauschte kurz an Muttis Tür und schleppte mich lautlos die Stufen zu unserer Kammer hoch, fiel wie ein Stein ins Bett.

Plötzlich war sie über mir, eine riesige, hässliche Fratze. Der kahle Kopf mit den abstehenden Ohren kam immer näher, bedrohlich nah! Übelriechender Atem strich über mein Gesicht. Schwarzer Priem triefte aus dem verzerrten Maul und ich hörte Wortfetzen wie: zerquetsche dich wie Ungeziefer, zertrete dich wie Ameisen. Ich war wie gelähmt. Die Fratze verschwand und ein unförmiger klobiger Schuh senkte sich herunter, drückte meinen Körper mit aller Macht auf den Boden. Ich wollte schreien, brachte keinen Ton hervor. Da hob ich die Hände, fuchtelte damit herum, aber keiner sah mich. Dabei waren sie doch alle da, meine Mutter, meine Schwestern, ich konnte sie sehen und hören. Sie eilten hin und her, riefen immer nur Charly glüht, kaltes Wasser, holt kaltes Wasser und Doktor Korn, auch die Kräuter – Ruth.

Da tauchte plötzlich das Gesicht meines Vaters vor mir auf, ich kannte es nur von einem Foto, aber er war es und er war mir so vertraut. Ich wollte es berühren, doch da rissen unzählige schwarze Arme daran herum und weg war es und ich fiel in ein tiefes schwarzes Loch

Ganz vorsichtig öffnete ich die Augen und starrte durch einen Schleier in ein bekanntes Gesicht. Ich kramte in meinem benebelten Kopf herum und nach einer Ewigkeit fiel der Groschen, Doktor Korn. Er beugte sich herunter und drückte mir ein Rohr auf die Rippen. Das tat nicht weh. Ich war so froh sein vertrautes Gesicht mit den unzähligen Fältchen zu sehen, dass ich erst Minuten später meine Mutter und meine Schwestern entdeckte. Mit sehr besorgtem, fast ängstlichem Gesichtsausdruck verfolgten sie jeden Handgriff, den der Doc machte.

„Da bist du ja wieder, kleines Fräulein, hast uns einen ganz schönen Schrecken eingejagt."

„Was ist passiert?", krächzte ich mit trockenem Hals und wollte aufstehen. Aber mir wurde etwas schwindelig und gleichzeitig zog ein stechender Schmerz durchs Bein und schlagartig erinnerte ich mich an alles.

„Doktor, ich muss zu Weller unserem Sheriff, muss ihm etwas ganz Wichtiges erzählen", quälte ich heraus.

„Liegen bleiben musst du, hast jetzt erst mal Pause, meine Liebe", beruhigte er mich mit seiner tiefen, warmen Stimme und drückte mich ganz sanft wieder in die Kissen. „Herr Weller hat schon alles geregelt." Einige Sekunden starrte ich ihn bewegungslos an.

„Was hat Welle geregelt, was haben wir heute für einen Tag? Wie lange liege ich schon hier? Was ist mit meinem Bein, warum tut es so weh?"

„Schon wieder die alte Charly, Fragen über Fragen." Der Doktor lachte und kniff verschwörerisch ein Auge dabei zu. Aber gleich wurde er sehr ernst „Dich hat es derbe erwischt, du hast dich wohl bei deinem Streifzug an einer verdreckten Glasscherbe verletzt und da wurde über Nacht eine dicke Blutvergiftung draus. Du liegst den dritten Tag hier, hattest einige Fieberanfälle und fantasiert hast du auch", beantwortete er mit hochgezogenen Augenbrauen meine Fragen.

„Aber ich denke, jetzt ist es überstanden. Natürlich mindestens noch eine Woche strenge Bettruhe. Ich habe deiner Mutter alles ganz genau aufgeschrieben", klärte mich weiter auf und setzte sehr ernst hinterher, „mindestens eine Woche, das hast du verstanden, oder, Wir sehen uns dann morgen wieder."

Meine Mutter begleitete ihn hinaus und Ursula, Christel und Eveline standen ziemlich still an meinem Bett, streichelten und hätschelten mich, trauten sich aber nicht zu fragen. Das war auch gut so, ich musste erst mal selbst in meinem Kopf Ordnung schaffen. Außerdem würde ich sowieso nichts ausplaudern. Das wussten sie genau und bezwangen ihre Neugierde. Mir fielen auch schon wieder die Augen zu. In meinem Kopf summte es wie in einem Bienenstock und verworrene Bilder tauchten schemenhaft auf. Eine kühle Hand auf meiner Stirn holte mich aus dem Dämmerzustand und ich schaute zerknirscht in das traurige Gesicht meiner Mutter, die mir Zwieback und Pfefferminz Tee an das Bett brachte. „Es tut mir so leid, Mutti, ich habe dir Sorgen gemacht", stotterte ich und konnte die Tränen nicht zurückhalten.

„Hauptsache du wirst wieder gesund, dann ist alles gut", lächelte sie etwas gequält. Dann kreiste sie mit dem Zeigefinger vor meiner Nase herum und setzte hinzu, „wäre ja nicht das erste Mal, oder? Aber was anderes, wie fühlst du dich? Der Herr Weller steht draußen und möchte kurz mit dir sprechen, geht das schon?"

Mir plumpste ein großer Stein vom Herzen, und gleich fühlte ich mich besser. Meine Mutter war nicht böse auf mich und von Welle würde ich jetzt sicher einiges erfahren, das hoffte ich zumindest. Ich nickte zaghaft und sie schob mir vorsichtig ein Kissen in den Rücken, damit ich etwas aufrecht sitzen konnte.

Herr Weller war echt in Ordnung. Bei den Kindern hieß er nur Welle, denn bei Kleinigkeiten, um die er sich kümmern musste, zum Beispiel wenn der Bauer Grote die Kinder beim Klauen von Möhren oder Äpfel erwischte, rief er dem Bauern immer zu, nun mach doch nicht so eine Welle. Wurden sie aber mehrmals erwischt, brummte er ihnen Strafarbeiten auf: wie Müll aufsammeln oder den Dorfplatz fegen. Gerieten zwei Nachbarn wegen Nichtigkeiten aneinander, machte er es genauso. Er stellte sich dazwischen und schlichtete mit den Worten, macht nicht so eine Welle und trinkt ein Bier zusammen. Meistens reichte das schon und der Friede war wieder hergestellt. Aber er konnte auch anders.

„Charly, Charly, du hast richtig Glück gehabt", begrüßte er mich mit ernster Stimme, zog sich einen Stuhl ans Bett und ließ sich mit seiner gewaltigen Masse vorsichtig darauf nieder. Dann schaute er sich um, ob meine Mutter die Tür geschlossen hatte hinter sich, und bohrte darauf seine kleinen stechenden Augen regelrecht in meinen Kopf. Tapfer hielt ich stand und setzte meine beste Unschuldsmiene auf. Da musste er doch lachen.

„Du bist mir ja Eine. Das Herumspionieren war wirklich sehr gefährlich, denn diese Leute sind gefährlich! Wir beobachten die Ziecklers schon eine ganze Weile. Wie du vielleicht weißt, arbeiten der Alte und die Jungs seit Jahren auf dem Rangierbahnhof. Beim Verladen oder Umlagern der Ware gehen schon mal Kisten kaputt, auch absichtlich, denken wir, und die Hälfte der Inhalte verschwindet jedes Mal spurlos. Wir konnten es nie beweisen, Diebesgut – Hehlerware. Doch diesmal sprang der Aufkäufer ab und sie brauchten ein Zwischenlager." Etwas außer Atem gekommen unterbrach er kurz und schnäuzte sich lautstark, hob dabei die Hand, als ich etwas sagen wollte. Da musste ich wohl oder

24

übel weiter zuhören, obwohl ich mir den Rest zusammenreimen konnte. Aber eine Frage brannte mir wie Feuer auf der Zunge. Das musste er doch ahnen, dachte ich leicht erbost, er wusste doch sonst alles. Aber unbeirrt fuhr der Sheriff fort, endete ganz abrupt und schaute mich eine Ewigkeit mit undefinierbarem Blick an. Etwas verunsichert schwirrten meine Hände auf der Bettdecke hin und her, aber ich schwieg beharrlich, und wieder einmal beschlich mich die Ahnung, dass er meine Gedanken lesen konnte.

„Und dann platzt du in diese Aktion rein", grollte er leise, aber sein Gesicht knautschte sich dabei zusammen. „Du hättest Lässe nie verraten, oder? Das brauchtest du auch nicht. Lässe ist zu mir gekommen, vorher. Er will endlich Schluss machen mit dem ganzen Mist, hat er gesagt und mit seiner Hilfe konnten wir die Bande ganz früh am nächsten Tag dann schnappen.

„Was wird jetzt aus ihm?", fragte ich vorsichtig.

„Du magst ihn, nicht wahr? Er wird sich fangen, da bin ich mir sicher. Jetzt muss er für ein Jahr nochmals zurück auf den Jugendwerkhof und dann werde ich ihm helfen, eine Lehrstelle zu finden. So, das reicht", endete er und stand schwerfällig auf, „und du musst jetzt gesund werden! Der Doc meint, es war ganz schön arg. An der Tür drehte er sich noch einmal um, seine Pfunde wackelten lustig unter der Lederweste und ich musste mir ein Lachen verkneifen. „Übrigens, bis zur Verhandlung sind die Zicklers auf freiem Fuß hier im Dorf. Du gehst ihnen aus dem Weg, ist das klar!"

„Jawohl, Sheriff", piepste ich kaum hörbar und angelte mir einen Zwieback vom Teller.

„Wann muss er zurück? Und was war eigentlich mit dem Wolf?", rief ich noch hinterher und die Zwieback Krümel landeten im Bett.

„Wolf?", fragte er erstaunt. „Ah so, bei Bauer Grote, das tote Schaf. Das war ein verwilderter Hund. Wir mussten ihn einschläfern, er war krank und damit gefährlich. Dass du daran noch denkst", brummelte er und warf mir beim Rausgehen einen anerkennenden Blick zu. An der Tür drehte er sich nochmals um, „nächsten Dienstag wird er abgeholt."

Meine Mutter und die Kräuter-Ruth schlüpften leise zur Tür rein als Herr Weller weg war. Ich knabberte ein wenig herum, trank paar kleine Schlucke Tee und dabei fielen mir schon die Augen zu und alle Glieder wurden schwer wie Blei

Am Wochenende fühlte ich mich schon viel besser, habe mich wohl gesund geschlafen, wie es Doktor Korn immer ausdrückte. Heute war Sonntag und aller paar Minuten steckte eine meiner Schwestern den Kopf zur Tür rein und wollte wissen, ob ich was brauchte. Das ließ ich mir natürlich gefallen, kuschelte mich ins große Bett meiner Mutter, da durfte ich die ganze Zeit schon schlafen, und ließ mich verwöhnen. Vor allem Christel versprühte gute Laune, mit ihr kam ich am besten aus, das liegt an unseren Genen, sagte sie immer lachend.

„Bald schneide ich dir die Haare", rief sie, bewegte dabei Zeige – und Mittelfinger wie eine Schere und amüsierte sich über meine Miene, ich fand diesen Gedanken nämlich gar nicht lustig.

„Das hat ja noch Zeit", bremste ich ihren Überschwang, „aber du könntest jetzt etwas für mich tun, mich vielleicht mal in den

26

Garten begleiten. Ich brauche frische Luft", versuchte ich sie zu überlisten.

„Ne, ne, meine Liebe, aufstehen nur zum Pippi machen, ansonsten Bettruhe bis Montag, hat der Doc angeordnet."

Und raus war sie. Bei den anderen hatte ich es auch schon versucht, aber darin waren sie sich mal einig.

Köstlicher Duft von frisch gebackenem Kuchen zog durchs Haus und ich hatte großen Appetit darauf. Noch mehr freute ich mich aber, als ich drei platt gedrückte Nase am Schlafzimmerfenster entdeckte, die Nasen meiner besten Freunde. Zweimal musste meine Mutter sie wieder wegschicken, aber heute durften sie mich eine Stunde besuchen.

Gemeinsam verputzten wir jeder zwei Stück leckeren Apfelkuchen und ich musste heimlich feixen, weil sich Babsi, Leni und Eule sehr viel Zeit dabei ließen. Außer schmatzende Geräusche war nichts zu hören, meinen Blick wichen sie einfach aus und stupsten sich heimlich gegenseitig an.

„Was ist los, habt ihr die Sprache verloren. Ich lebe noch", brach ich das Schweigen und erlöste sie aus ihrer Verlegenheit.

„Wie geht es dir denn, tut dein Bein noch sehr weh?", wisperte Leni zaghaft als erste, Babsi sagte nichts dazu und schaute sich nur neugierig im Zimmer um.

„Stell dir vor, im „Eulenwirt" haben sie erzählt, die müssten dir im Krankenhaus das Bein wegen einer Blutvergiftung abnehmen!", polterte Eule dazwischen, doch das interessierte Babsi auch nicht, sie kroch ganz nah an mich heran und flüsterte mir ins Ohr, „Lässe soll auch dabei gewesen sein."

Ich stellte mich dumm, mimte die völlig Ahnungslose. „Wo dabei gewesen, habe ich etwas verpasst?"

„Und ob du was verpasst hast, im Dorf war die Hölle los. Die Zickler Bande hatte Klamotten auf dem Bahnhof geklaut und sie in unserem Bunker versteckt, das machen die wohl schon lange", und du hast wirklich nichts davon gewusst?", riefen sie alle durcheinander und schauten mich an wie das achte Weltwunde und es war plötzlich still im Zimmer.

„Hast du wirklich nichts davon gewusst, du warst doch dort", fragte Eule irritiert und musterte mich misstrauisch.

„Ich weiß nur das, was mir Welle erzählt hat", versuchte ich meinen Kopf aus der Schlinge zu ziehen. „Irgendwo hatte ich mich derbe verletzt, das wisst ihr doch."

„Hast recht, Hauptsache du wirst bald wieder gesund", zwitscherte Babsi und die Mädels gaben sich zufrieden. Eule dagegen behielt seinen merkwürdigen Blick bei und ich war froh, als meine Mutter reinkam und sie bat, den Besuch für heute zu beenden.

Am Montagmorgen kam Doktor Korn, untersuchte mich gründlich und war einigermaßen zufrieden., einigermaßen, denn plötzlich zuckten seine buschigen Augenbrauen.

„Die Wunde gefällt mir noch nicht, wir hängen drei Tage Bettruhe ran", verordnete er und unterhielt sich mit meiner Mutter. Mir wurde etwas übel. Eigentlich hatte ich gehofft, ich könnte abends das Bett wenigstens für kurze Zeit mal verlassen, wollte doch irgendwie versuchen, Lässe noch einmal zu sehen, bevor er wieder für eine Ewigkeit verschwand, und das würde wohl nach diesem Vorfall passieren. Meine Mutter und meine Schwestern

28

brauchte ich nicht zu fragen, wenn der Doc nein sagte, dann nein! Also musste ich ihn überreden, ehe er das Zimmer verlassen würde.

„Doktor, mir geht es doch viel besser, kann ich nicht heute Abend, für ein paar winzige Minuten frische Luft schnappen, bitte, bitte, nur ein paar Minuten. Es ist wichtig, wirklich wichtig", bettelte ich und sah ihm mit meinem treuesten Hundeblick fest in die Augen.

„Nein! Charlotte, solange du Antibiotika nimmst, hast du Bettruhe und keine Ausnahme!", betonte er streng, „außer zur Toilette natürlich."

Sekundenlang sahen wir uns stumm an und ich spürte es genau, er war nicht umzustimmen. An der Tür drehte er sich noch einmal um. „Sind wir uns da einig Fräulein? Es gibt immer eine Lösung. Wir sehen uns heute Abend noch einmal, und wehe dir!", er hob mahnend den Zeigefinger und verschwand.

Gott sei Dank, mit großer Mühe nur konnte ich mich zusammenreißen. Aber nun kam das ganze Elend hoch. Ich zog mir die Bettdecke bis über den Kopf und heulte los. Ich heulte und heulte, bis ich wieder einschlief.

Irgendwann, es dämmerte schon, weckte mich meine Mutter. „Na, du Schlafmütze, hast du gar keinen Hunger? Ich wollte dir Abendbrot bringen, du musst doch etwas essen." Ich schüttelte nur den Kopf.

„Dann eben später", schmunzelte sie, streichelte mich und ich hatte das Gefühl, sie schaute in mich rein.

„Ach, Doktor Korn will dich noch einmal sehen."

„Aber ich ihn nicht", entfuhr es mir bockig und ich drehte mich dabei zur Wand.

„Du willst mich nicht sehen? Das ist aber schade. Hast du auch keine Lust mit dem hier ein wenig zu quatschen?", brummelte eine tiefe Stimme hinter meinem Rücken.

Verwundert drehte ich mich um, doch der Doktor war schon weg und ich sah nur noch Lässe. Der traute sich nicht mir ins Gesicht zu schauen, stand wortlos mit einem kleinen Korb voller Obst an der Tür und starrte verlegen auf den Fußboden. Jetzt wurde mir aber warm und trotzdem zog ich die Bettdecke bis an die Nasenspitze. Meine Mutter rettete wie so oft die peinliche Situation.

„Nun junger Mann, setzt dich doch, oder bist du angewachsen. Charlotte beißt bestimmt nicht", rief sie schmunzelnd, zeigte auf einen Stuhl, der am kleinen Arbeitstisch an der Wand stand und ließ uns dann allein.

Lässe stellte den Korb auf dem Nachtisch ab, zog sich den Stuhl heran und hockte sich darauf, dabei fiel ihm die lange braune Haarsträhne wieder ins Gesicht.

„Schönen Gruß von meiner Mutter. Den Korb hat sie für dich eingepackt und gute Besserung soll ich ausrichten."

„Danke, ich wollte heute auch..."stotterte ich nur.

„Und ich hatte es gehofft, dass wir uns noch einmal sehen. Welle hat dir sicher alles erzählt, auch dass ich morgen wegmuss. Tja, so stand ich dann heute Mittag am „Kreißl" und überlegte, wie ich es anstellen könnte. Da kam zufällig der Doc vorbei und wir sprachen über dich. Und jetzt bin ich hier."

Eine Weile blieb es still zwischen uns. Plötzlich berührte er meine Hand, sah mir ins Gesicht und direkt in die Augen. „Es tut mir alles so leid. Ich wusste gar nicht, dass es dich so erwischt hatte. Und wieder mal war alles meine Schuld. Ich konnte doch nicht abhauen, ohne dir das zu sagen. Aber wenn du willst, gehe ich auch gleich wieder, du sagst ja gar nichts dazu, mir tut es wirklich…..."

„Nun hör schon auf, sonst kommen mir noch die Tränen", unterbrach ich ihn betont sarkastisch. „Ich bin doch selbst schuld. Erzähle mir lieber, wie du in den Mist rein geraten bist. Deine Freunde sind das doch bestimmt nicht, oder?"

„Das ist eine lange und unschöne Geschichte, die willst du gar nicht wissen."

„Doch, verdammt noch mal, sonst würde ich nicht fragen. Aber wenn du nicht willst, bitte schön. Ich halte nichts davon, was mir andere erzählen."

„Das habe ich schon gemerkt, du bist wirklich anders als die anderen, also ganz in Ordnung, und dass du mich nicht verraten hast, werde ich dir nie vergessen."

Diese Worte machten mich ziemlich verlegen.

„Hör auf mit der Sülzerei, wer sind die beiden fiesen Typen?"

„Du meinst Jogi und Fluppi, nicht die Saubersten. Aber eine Weile waren sie für mich da. Die arbeiten schon lange für Zieckler. Welle hat dir sicher erzählt welche Tour die fahren. Vor zwei Jahren bin ich da reingerutscht. Jogi und Fluppi wurden beim Klauen erwischt und ich habe Schmiere gestanden. Sie haben dann ausgesagt, dass ich von nichts gewusst hätte, und ich bin mit einem blauen Auge davongekommen. Den Zicklers konnte man wie immer nichts beweisen. Meine Mutter war völlig fertig und überfordert. Ich hatte sie wieder mal sehr enttäuscht und Herr Weller legte ein gutes Wort für mich ein und so blieb es bei betreuter Unterbringung, paar Kilometer weg von hier in einem Jugendwerkhof." Lässe war sehr leise geworden. Fast tat er mir ein bisschen leid.

„Und weiter, was war passiert?", ließ ich trotzdem nicht locker.

„Tja, ich bin nun mal kein Musterknabe", beichtete er und sah starr aus dem Fenster. „Ich habe mich einige Male vom Hof entfernt und bin auf Tour gegangen, dafür gab es dann einige Arbeitsstunden extra und die musste ich gerade auf dem Rangierbahnhof ableisten, wo der alte Zickler arbeitet. Er erkannte mich sofort und er wollte mich gleich wieder einspannen. Und er setzte mich unter Druck, drohte mir neu auszusagen wegen der alten Sache, wenn ich ihm diesmal nicht helfen würde, weil ich mich ja hier bestens auskannte. Und dann schickte er mir die Beiden auf den Hals, die er voll im Griff hat. Den Rest kennst du ja. Aber ich will…", mitten im Satz stockte er. Meine Mutter kam herein mit einem Teller Brote und Saft, stellte alles auf den Tisch und machte die Tür wieder leise hinter sich zu.

„Was willst du?", bedrängte ich ihm weiter, obwohl ich mir fast denken konnte, was er eigentlich noch sagen wollte. Ich hatte es ja bei Herrn Weller schon raus gehört.

„Ach nichts weiter", wehrte er ab, knetete seine Finger, schüttelte heftig mit dem Kopf und langte eifrig zu. Schweigend leerten wir den Teller.

Da steckte meine Mutter auch schon wieder den Kopf durch die Tür und Lässe schien fast erleichtert zu sein

„So, das reicht für heute, Charlotte braucht noch Ruhe. Du kannst ja mal wieder reinschauen, junger Mann. Und Grüße an deine Mutter von mir, ich werde sie in den nächsten Tagen mal besuchen kommen. Geht es ihr denn besser mit dem Husten?" Sie fragte sehr mitfühlend und drängte ihn doch sanft zum Aufbruch.

„Danke, werde ich…, mal etwas besser, dann wieder schlimmer und ich …", stotterte Lässe verlegen.

Mit hängenden Schultern stand er mitten im Raum, wie ein Häufchen Elend, schuldbewusst. Wahrscheinlich gab er sich die Schuld, dass es seiner Mutter wieder schlecht ging. Aber für ihre Krankheit konnte er nun wirklich nicht, na ja, Sorgen können auch krank machen, denke ich

„Vielleicht besuche ich deine Mutter auch, wenn es mir wieder besser geht", half ich Lässe aus seiner Not, „nicht vielleicht, ganz bestimmt sogar", betonte ich schnell.

„Ich glaube, sie würde sich freuen, sie hält viel von dir", er strahlte mich an und lachte über mein verdutztes Gesicht.

„Wieso das, sie kennt mich doch gar nicht weiter."

„Hast du ne Ahnung." Er stand auf, griff in seine Hosentasche und hielt mir etwas verunsichert die geschlossene Faust entgegen. „Hier, der ist für dich, habe ich selbst geschnitzt." Er öffnete die Hand und ein kleiner Holzigel kam zum Vorschein. „Und behalte deinen Igel!"

„Danke, den gebe ich nicht mehr her!" Die Hitze stieg mir ins Gesicht, das ärgerte mich und schnell schloss ich meine Faust.

„Den meine ich nicht, Charly." Er lächelte spitzbübisch. „Ich meine den unter deiner Haut, der herumkrabbelt, wenn es in deinem schlauen Köpfchen arbeitet."

Jetzt war ich baff und wollte das ganz genau wissen. „Woher weißt du..., habe es niemanden erzählt."

„Doch Charly, irgendwann hattest du mir davon erzählt. Woher sollte ich es sonst wissen?" Er hob die Hand und weg war er.

Am nächsten Tag besuchte mich Doktor Korn noch einmal zuhause, danach musste ich in seine Praxis zur Kontrolle kommen. Kaum stand er im Zimmer, da platzte ich schon los. „Woher wussten sie eigentlich…?"

Herzhaft lachend unterbrach er mich und antwortete voller Überzeugung, „der Sheriff und der Doktor wissen alles!"

Als es mir besser ging, besuchte ich wie versprochen ab und zu Lässes Mutter. Sie freute sich jedes Mal, wir tranken Tee, aßen selbst gebackene Kekse und unterhielten uns über alles Mögliche, auch über Lässe und die Sorge um ihn. Sie war eine feine stille Frau und hatte viel Ähnlichkeit mit meiner Mutti. Die beiden kannten sich gut. Wer kannte sich nicht in so einem kleinen Dorf. Und doch hatte jeder seine Geheimnisse und seine eigene Geschichte.

Johannes

Ein ohrenbetäubender Knall, es war gerade fünf Uhr früh, riss unser verschlafenes Örtchen Beeshain brutal aus den Träumen. Die Menschen kamen aus ihren Wohnungen und viele strömten in Richtung Ortsmitte zum „Kreißl", um etwas zu erfahren.

„Charly, was ist passiert? Du weißt doch immer alles", bestürmte mich Frau Ewers, unsere Nachbarin, und hielt mich am Ärmel fest.

„Ich weiß es nicht, Frau Ewers. wirklich nicht!"

Da explodierte der Himmel zum zweiten Mal und über dem Wäldchen schossen hunderte Raketen in die Luft. Eine Farbenpracht von tausenden roten, grünen, gelben, blauen und goldenen Sternen breitete sich über uns aus.

„Ein Feuerwerk"! riefen alle durcheinander und einigen blieb vor Staunen der Mund offen. Vom Ortseingang her sausten mit Tatütata unsere drei Löschfahrzeuge hoch zum Bunker.

Das alles dauerte nur wenige Minuten. Dann war es beängstigend still. Keiner traute sich schon zurück in die Häuser, und ich lief auch zum „Kreißl", rannte dabei fast Eule um.

„Verdammt, Charly, was war das denn?", überfiel er mich gleich und knuffte in meine Seite.

„Lass das, du Dussel!", reagierte ich ziemlich schroff. Ich mochte das nicht leiden. „Weiß ich doch auch nicht, Eule. Aber es passierte an oder in unserem Bunker. Vielleicht ist der sogar in die Luft geflogen, am liebsten würde ich…"

„Eh, Charly, du spinnst wohl", quiekte Eule los und zerrte mich zur Seite. „Hast wohl schon alles vom letzten Mal vergessen!

35

„Nun beruhige dich, war doch nur Spaß", antwortete ich lachend und klopfte ihm derbe auf die Schulter, als Revanche für den Knuff in die Seite.

„Das weiß man bei dir nie so genau", sagte er ernsthaft und schaute mich argwöhnisch an.

In dem Moment kam Herr Weller, unser Dorfsheriff, mit seinem Jeep und postierte sich auf unserem Dorfplatz. Durch ein Megafon gab er Entwarnung und klärte die Leute so weit auf, dass es tatsächlich Feuerwerkskörper gewesen waren, die in großer Anzahl in die Luft gegangen waren. Die Dorfbewohner verschwanden wieder in ihre Häuser und die meisten legten sich wohl noch einmal aufs Ohr.

Ich konnte nicht mehr schlafen. Zum Glück war heute Sonnabend und schulfrei. Mein Igel spreizte sich unter der Haut und ich schlich mich ganz leise auf den Boden zu der Luke. Bei unserem Geheimtreff Bunker konnte ich nichts weiter erkennen. Ein Löschfahrzeug war noch zu sehen. Da hatte ich den super Einfall, zur Feuerwache zu radeln. Die Hauptwache unserer gemeinsamen örtlichen „Feuerwehr Beeshain-Beesdorf-Burgdorf" lag genau mittig zwischen den drei Orten, von hier ungefähr drei Kilometer, ein paar Minuten mit dem Fahrrad. Ich stellte es ab und guckte vorsichtig um die Ecke. Einige Kameraden kannte ich gut durch meine Schwestern. Alle drei Fahrzeuge waren schon wieder in der Halle.

„Charly, was machst du denn hier?", tönte es hinter mir laut, „solltest du denn nicht wieder schlafen, der Zauber ist doch lang vorbei."

„Morgen Peter, super dich zu sehen. Kannst du mir vielleicht was verklickern? Du kennst mich doch, ich muss es wissen!"

„Das sieht dir wieder ähnlich, überall musst du dein vorwitziges Näschen reinstecken. Apropos, was halten denn Mutter und Schwestern davon, dass du dich um diese Zeit hier herumtreibst?", fragte er lachend und verschloss das große Tor.

„Ich hoffe, die schlafen noch", ulkte ich herum, „sonst gibt es Theater. Nun sag schon Peter. Was war da los?" Er druckste herum, wich mir aus, aber ich heftete mich an seine Fersen.

„Viel kann ich dir nicht sagen, eine große Kiste mit Feuerwerkskörper stand irgendwo herum und dann Bumm! Wer sie gezündet hatte, keine Ahnung, wird schwer zu beweisen sein. Aber es ist ja nichts passiert. Vielleicht findet Welle etwas heraus, oder du? Natürlich Quatsch, halte dich weg davon, okay!"

„Soll ich dir sagen, was ich denke?", ließ ich nicht locker, rannte ihm bis zum nächsten Tor nach und baute mich vor ihm auf.

„Was du denkst, kann ich mir denken." Er grinste und fuhr leise fort, „es wird gemunkelt, es war ein Racheakt mit alten Feuerwerkszeug, vielleicht Diebesgut, wer weiß. Die Verhandlung vom alten Zieckler ist nächste Woche. Behalte das für dich, wird schon genug Mist geredet. Und jetzt ab nach Hause."

„Okay Peter, mach ich und Tschüss."

„Hallo Fräulein, was an Sperrzone hast du wieder nicht verstanden?", erschreckte mich zwei Tage später eine grollende Stimme.

„Morgen Herr Weller, ich bin nicht durch die Absperrung gegangen, wollte nur mal kucken, ob irgendetwas zu sehen ist."

„Ach Charly, ich glaube, dich muss man festbinden", grunzte er nur. Aber es ist wirklich nicht viel zu sehen, im Moment Sperrzone, also halte dich fern."

„Es war unser Treffpunkt!", maulte ich, „und jetzt dürfen wir gar nicht mehr hierher?"

„Vorerst nicht! Sucht euch doch einen anderen Ort aus. Ich habe sowieso den Eindruck, dass deine Freunde keine Sehnsucht mehr nach hier oben haben, oder?" Lauernd sah mich Welle an. Er wusste genau, dass ich mich nicht so schnell zufriedengab.

„Na ja, mag sein. Seit damals dürfen die nicht mehr. Die Eltern haben es verboten und meine Mutter eigentlich auch. Aber ich beobachte unser Wäldchen und Bunker trotzdem weiter." Der Sheriff hob die Hand, doch ich ließ ihn gar nicht zu Wort kommen. „Und wenn es nur von unserem Dachboden durch die Luke ist!"

„Warum, warum tust du das? Der Bereich ist doch jetzt erst mal gesperrt."

„Das ist schon richtig. Normale Leute kommen hier nicht her. Aber was ist mit den anderen Typen. Die fühlen sich doch gerade jetzt sicher hier oben. Schon deshalb beobachte ich weiter."

Dem Sheriff verschlug es die Sprache. Und wieder einmal staunte er über Charlys Gedankengänge.

„Mädchen, du hast recht. Das macht Sinn. Eins musst du mir aber versprechen. Unternimm nichts auf eigene Faust. Du weißt, wie das ausgehen kann. Komm schlag ein – dein Ehrenwort!", setzte er noch hinzu und hielt mir die Hand hin.

„Ehrenwort Sheriff, das nächste Mal sage ich sofort Bescheid, wenn mir etwas auffällt" erwiderte ich ernsthaft und schlug ein. Ich kam mir richtig erwachsen vor.

Im Dorf hatte sich alles wieder beruhigt, die Stimmung war sowieso wie das Novemberwetter, nasskalt, nebelig und ungemütlich. Ich hatte keine Lust nach Hause zu gehen, denn heute jährte sich der Todestag meines Vaters. Meine Mutter und meine Schwestern waren dann immer sehr traurig und ich wusste gar nicht so richtig, was ich fühlen sollte. Ich kannte ja meinen Vater gar nicht und das bereitete mir jedes Mal großes Unbehagen. Doch jetzt musste ich zurück, wollte ja nicht, dass sie sich schon wieder um mich sorgen mussten.

Heute war irgendetwas anders als sonst, spürte ich sofort, als ich das Haus betrat. Aus der Küche hörte ich die Stimmer meiner Mutter und eine tiefe Männerstimme. Sofort schlug mein Igel Alarm und rollte unter der Haut. Vorsichtig spähte ich durch den Türspalt und sah meine Mutter. Sie strahlte über das ganze Gesicht, hatte rote Wangen und antwortete irgendetwas mit ihrer sanften Stimme. So hatte ich sie lange nicht erlebt und Neugierde erfasste mich. Aber auch so etwas wie Eifersucht packte mich. Das musste ich erst mal in Ruhe sortieren. Gerade als ich mich wegschleichen wollte, hatte mich aber meine Mutter schon entdeckt.

„Charlotte, da bist du ja. Komm rein. Das ist Johannes, ein Cousin von mir."

Sie hatte mich überrumpelt und ich konnte mich nicht verdrücken. Linkisch stand ich seitlich von dem fremden Mann, meine

Augen erfassten blitzschnell die sitzende Gestalt und auch den großen grünen Rucksack an der Wand.

„Du bist also Charly! Ich habe schon einiges von dir gehört", sagte er schmunzelnd, stand auf und streckte mir seine große Pranke entgegen. Ein paar Sekunden, die mir wie eine Ewigkeit vorkamen, musterte er mich genau und ich ihn. Riesig war alles an ihm, und sein Händedruck war sehr fest, aber warm und nicht unangenehm.

„Ja, ja, es wird viel geredet, muss nicht alles stimmen", quakte ich altklug und fühlte mich wie ein kleines Kind. Das ärgerte mich und trieb mir die Hitze ins Gesicht.

„Nu aber langsam Fräulein, deine Mutter schwindelt doch nicht, oder?" Er feixte verschmitzt und zwinkerte mir zu.

„Die Mutti nie", antwortete ich locker und drückte ihr einen dicken Schmatz auf die Wange. Jetzt freute ich mich auch, dass es ihr richtig gut ging. Aber den Herrn Cousin werde ich genau unter die Lupe nehmen, nahm ich mir fest vor.

„Dann will ich mal, muss noch Hausaufgaben machen."

„Ist gut Charlotte, ich ruf dich dann zum Essen."

Von wegen Hausaufgaben, die hatten noch Zeit. Erst brauchte ich noch etwas frische Luft und ganz leise schloss ich die Haustür hinter mir. Eine Menge Gedanken schwirrten durch meinen Kopf, vor allem über den Onkel, oder Cousin, wie meine Mutter sagte, ich hatte noch nie von ihm gehört.

„Hoppla Fräulein, du rennst ja einen alten Mann glatt um.", stoppte mich jemand, als ich halb geduckt aus unserem Gartentor, auf die Straße hüpfte und dabei unseren Doktor anrempelte.

„Entschuldigen sie, Doktor Korn. Ich war in Gedanken."

„Das habe ich wohl gemerkt. Alles in Ordnung mit dem Bein, oder hast du noch Schmerzen?"

„Alles gut, ich habe keine Schmerzen mehr. Bleibt ne ganz schöne Narbe. Aber egal, Doc, es ist ja meine Narbe."

„Wird schon noch besser Charly, aber hör mal, Lässes Mutter geht's nicht so gut. Vielleicht schaust du wieder mal nach ihr. Ich glaube, die würde sich freuen."

„Mach ich Doc. Am besten heute gleich, da vergesse ich es nicht." Meine Antwort kam wie aus der Pistole geschossen und ich ließ ihn einfach stehen.

Prima Idee, da konnte ich dem neuen Onkel aus dem Weg gehen, war mit Nachdenken noch nicht fertig. Ich sauste wieder nach Hause, meine Mutter deckte gerade den Tisch, und ich erzählte ihr von meinem Plan. Sie freute sich darüber, packte etwas frisches Obst für Frau Weinhold ein und nach dem Essen lief ich los.

Es dauerte lange bis Lässes Mutter mir die Tür öffnete und ich musste an Doktor Korns Worte denken. Aber sie ließ sich, außer Freude über meinen Besuch, nichts anmerken. Wir plauderten über dies und jenes, die neuesten Gerüchte im Dorf und auch über ihren Sohn. Er ließ sehr wenig von sich hören, sagte sie. Ich spürte ihre Traurigkeit und wollte sie etwas ablenken. „Darf ich ihnen etwas anvertrauen, Frau Weinhold, ich habe da ein Problem."

„Sicher Charlotte, wenn du möchtest", erwiderte sie erfreut, holte uns leckeren Apfelsaft aus der Küche und wir setzten uns auf die Bank am Kachelofen. Ich schüttete ihr mein Herz aus über unseren Besuch, den Mann, den ich nicht kannte und darüber, dass

41

ich ihn genau beobachten wolle. Sie hörte schweigend zu, sah mich nach einer Weile mit warmherzigem Blick an und sagte, „Charlotte, wenn es deiner Mutter damit wirklich gut geht, dann ist alles in Ordnung." Die Antwort gefiel mir, mein Igel hatte nicht einmal gezuckt und ich lief erleichtert nach Hause.

Bei uns war endlich mal wieder richtig Leben in der Bude. Ich hörte schon von Weitem fröhliches Lachen und die Stimmen meiner Schwestern, dazwischen die tiefe Stimme des neuen Onkels. Stopp, wenn das der Cousin unserer Mutter war, dann war es ja ein Großcousin von uns, egal, ich werde ihn einfach Johannes nennen.

„Charlotte, da ist du ja endlich, ich hoffe, das nächste Mal hast du mehr Zeit für mich", rief er fröhlich und stand auf. „Dann musst du mir unbedingt von deinen Abenteuern erzählen, nur wenn du willst, aber jetzt muss ich wieder los. Pass auf deine Mutter auf. Versprichst du mir das?"

„Klar, Onkel Johannes, das mache ich", sagte ich voller Überzeugung und sah auf dem Küchentisch einen riesigen Berg von Äpfeln, Birnen und Süßigkeiten liegen. Natürlich ließ ich mir nichts anmerken. Christel und Ursel brachten Johannes bis vor die Tür und ich sauste auf mein Zimmer, schmiss mich aufs Bett und starrte zur Decke. Es war allerhand passiert heute.

„Charlotte", rief meine Mutter wenig später laut nach oben und nervte etwas, ich reagierte nicht, aber nützte nichts. „Kommst du mal!", schallte es ziemlich ungeduldig hinterher.

„Was ist los Mama, ich mache gerade Hausaufgaben", mogelte ich ein wenig, ganz ohne schlechtes Gewissen.

„Komm doch mal, Herr Weller ist hier. Er will mit dir reden", rief sie nochmals laut und setzte etwas leiser hinterher, „Hat sie etwas angestellt?"

Bei dem Namen Weller war ich wie der Blitz aus dem Bett. Auf der Treppe nach unten hörte ich noch ihre ängstliche Frage. Da blieb ich erst mal stehen, die Antwort wollte ich auch noch hören

„Aber nein Frau Bauer, keine Sorge, möchte nur mit Charlotte etwas bereden."

„Dann ist ja gut", beruhigte sie sich und strich mir erleichtert über die Haare, als ich vor den beiden stand. „Ich bin dann mal in der Küche."

Welle setzte sich auf die Treppe und schnaufte wie nach einem Hundertmeterlauf.

„Tja Kleene, ich muss wohl bald in den Ruhestand. Die Luft macht mir zu schaffen, deswegen bin ich aber nicht gekommen. Mir ist so einiges durch den Kopf gegangen und ich habe gerade etwas Zeit."

Unter meiner Haut fing an zu kribbeln, ging es vielleicht um Lässe, hatte er wieder etwas angestellt......?

„Es ist nichts Schlimmes", beruhigte mich Welle. Und wieder hatte ich das Gefühl, dass er genau wusste, was ich gerade dachte, geradezu unheimlich.

„Du hast mir doch von deiner Luke erzählt. Da möchte ich auch mal durchgucken."

„Na klar Herr Weller. Da müssen wir aber noch einige Stufen höher."

„Das werde ich schon schaffen, etwas geht ja noch." Mit einem tiefen glucksenden Lachen stampfte er hinter mir her. Ich flitze vorneweg und knipste schon mal die alte Funzel an.

„Vorsicht, hier steht viel Gerümpel herum. Aber es ist nicht weit und man kommt gut durch", warnte ich und schob hier und da etwas zur Seite."

„So, so, hier hast du also deinen Beobachtungsposten, nicht schlecht", meinte er und holte aus einem Etui ein großes Fernglas heraus.

„Oh, das ist ja super, darf ich auch einmal durchschauen?" Ich hüpfte vor Begeisterung hin und her, bedrängte ihm dabei fast. Aber er blieb die Ruhe selbst und schmunzelte nur.

„Na klar darfst du, aber lass mich doch erst schauen. Du könntest nämlich Recht haben, Charly, der Forstgehilfe hat mir berichtet, dass am Bunker ab und zu Bewegung ist. Heute scheint es ruhig zu sein. Jetzt schau du mal durch." Er drehte sich um und reichte mir das Glas. „Aber lege dir den Gurt um den Hals, das Ding ist schwer. Und hier musst du es für dich einstellen, an diesem Rädchen, bis du ein klares Bild hast", gab er mit tiefer, ruhiger Stimme Anleitung

Vor Aufregung hatte ich feuchte Hände und da passierte es schon, das Glas flutschte mir durch die Finger, konnte zum Glück nicht auf den Boden fallen. Mir stieg etwas Hitze ins Gesicht und begeistert schaute ich zu unserem Bunker rüber, der so nah herangerückt war.

„Ich kann auch nichts Ungewöhnliches entdecken, aber ich bleibe dran, auch ohne Fernglas."

„Gut so, denke dabei an unsere Abmachung, keine Alleingänge mehr", erwiderte er sehr ernsthaft und ich wunderte mich nur über das versteckte Grinsen. ‚Nahm der mich vielleicht gar nicht ernst?' grübelte ich kurz, verwarf es aber gleich wieder.

Meine Mutter stand am Treppenabsatz, staunte nicht schlecht, als wir herunterkamen. Doch sie fragte nichts. Es war ja ein Polizist dabei.

„Darf ich ihnen etwas zu trinken anbieten, Herr Weller? Ein Wasser vielleicht?"

„Wasser wäre gut, kühles Blondes noch besser", bejahte er lachend und ließ sich noch einmal ächzend auf der Treppe nieder.

„Damit kann ich leider nicht dienen", stimmte sie mit ein und reichte ihm das Glas. Sie unterhielten sich noch ein wenig über dies und das und ehe er sich mit etwas Mühe wieder hoch quälte, nahm er mich noch einmal aufs Korn.

„Und wir sind uns einig, nicht wahr, keine Alleingänge!"

Ich schüttelte nur den Kopf und verdrehte mit einem Seitenblick auf meine Mutter die Augen.

„Was wollte denn der Weller hier? Hast du wieder was angestellt?", frotzelte Evi und verschwand eilig aufs Klo.

„Das hättest du wohl gern. Aber ich soll nur die Augen aufhalten. Könnte sein, dass sich wieder komische Typen im Dorf herumtreiben. Also halt du auch die Augen auf, vor allem im Dunkeln", konterte ich so laut, dass sie es durch die Tür hören musste.

„Alles klar Sherlock Holmes. Ich denke daran, wenn ich im Dunkeln unterwegs bin." Evi grinste mich an als sie wieder neben mir stand, dann beugte sie sich etwas vor und sprach leise weiter.

„Aber mal was anderes, was hältst du eigentlich von Onkel Johannes? Du kennst ihn ja noch gar nicht. Er war auch sehr lange nicht hier, denke mal acht, vielleicht sogar zehn Jahre, hatte wohl eine Zeit lang im Ausland gearbeitet. Aber jetzt muss er sich um seine Eltern kümmern. Wie findest du ihn?"

„Weiß ich noch nicht so genau. Aber wenn er Mutti guttut, ist es in Ordnung."

„Wie meinst du das denn?", fragte Evi etwas erstaunt, warf mir einen undefinierbaren Blick zu und ging kopfschüttelnd in die Küche. Ich amüsierte mich, so kuckten meine Schwestern mich immer an, wenn sie meinen Gedanken nicht folgen konnten.

Diesmal war es mir sehr recht, dass Evi nicht weiter nachfragte, hatte keine Lust sie über mein Gespräch mit Frau Weinhold aufzuklären. Große Schwestern müssen nicht alles wissen.

Auch mit meinen Freunden teilte ich die kleinen Geheimnisse kaum noch, in der Woche hockten die nach der Schule lieber zuhause herum. Es wurde ja auch früh finster. Doch mich trieb es immer hinaus. War das Wetter abscheulich, blieb ich auch auf meiner Bude und las stundenlang, am liebsten Krimis und Abenteuergeschichten. Onkel Johannes hatte mir beim letzten Besuch Bücher von Karl May mitgebracht, dicke Wälzer und herrlich spannend. Da fand ich nie ein Ende, sehr zum Leidwesen meiner Schwestern, ich drückte mich nämlich ständig vor kleinen Pflichten bei der Hausarbeit. Da zickten sie schon mal herum, unsere Mutter nahm mich in Schutz und dann zogen sie mich auf nach dem Motto, das Nesthäkchen konnte sich alles erlauben, das war mir auch wieder nicht Recht.

Der Onkel war eine Weile nicht hier, seiner Mutter ging es wohl schlecht. Aber an diesem Samstag weckten mich ungewöhnliche Geräusche, jemand hackte Holz hinter dem Haus.

„Johannes, komm erst mal frühstücken", hörte ich meine Mutter rufen.

Da schau, nach Wochen war Onkel Johannes mal wieder da. Leise schlich ich durchs Haus und warf, unbemerkt von meiner Mutter, einen Blick in die Küche. Der grüne Rucksack war nicht zu sehen. Ich schämte mich ein wenig. Laut gähnend ging ich hinter Johannes in die Küche, so als wäre ich gerade wach geworden.

„Guten Morgen, Mutti und Onkel Johannes."
Heimlich beobachtete ich den Onkel, er schob sich gerade ein Stück Käse und eine halbe rohe Zwiebel in den Mund. Dabei schloss er seine Augen und legte den schmalen Kopf mit dem hageren Gesicht leicht in den Nacken. Die braune Haarsträhne, die sonst in der Stirn hing, fiel nach hinten. In seinem grob gestrickten graugrünen Pullover, mit braunen Lederflecken auf dem Ellenbogen, und den alten Lederhosen, die über derbe Schuhe gestülpt waren, sah er aus wie ein Waldarbeiter. Ruckartig stieß er mit dem Kopf nach vorn und musterte mich mit stechendem Blick. Er hatte es wohl gespürt, verlor aber kein Wort darüber.

„Kann ich dann etwas helfen?", stotterte ich verlegen.

Er nickte nur, nahm einen Schluck aus der großen Kaffeetasse, legte das Messer weg, stand auf und zeigte zur Tür. Ich folgte ihm in den Schuppen und schichtete Holz auf. Aber beim Rausgehen war mir nicht entgangen, dass er meine Mutter angrinste und sie vor sich hin schmunzelte. Na warte, dachte ich erbost, das zahle ich euch heim.

Nach dem Mittag verschwand er oben in meiner ehemaligen Kammer. Ich war in das größere Zimmer umgezogen, Ursula und Christel wohnten jetzt in der Kreisstadt und Evi schlief oft auswärts.

„Friedel", hörte ich rufen, „ich lege mich eine Stunde hin."

„Ist gut Johannes", antwortete meine Mutter und ein paar Klappergeräusche kamen aus der Küche.

Dieser Wortwechsel versetzte mir einen heftigen Stich und mein Igel streute unangenehme Signale, genau, es war Eifersucht, ich war auf den neuen Onkel eifersüchtig. Aber wie kam er auch dazu, meine Mutti mit „Friedel" anzureden. Das sagte keiner zu ihr, aber ich wusste von Christel, dass unser Papa sie so genannt hatte. Wollte er sich vielleicht an sie ran machen? Klar, Mama war schon lange allein mit uns und so alt war sie auch noch nicht, und schön war sie, ganz zart und lieb, obwohl sie den ganzen Tag arbeitete. Zeitig morgens putzte sie im Gemeindeamt, danach half sie in der Gärtnerei und besuchte anschließend einige alte Leute, die Hilfe brauchten im Haus oder beim Einkaufen. In den Ferien begleitete ich sie oft und half mit. Dafür bekamen wir nichts, aber sie sagte immer, das ist Nächstenliebe. Und jetzt kam da so ein fremder Cousin daher und schlich sich bei uns ein. Da hat er aber nicht mit mir gerechnet. Auf der anderen Seite musste ich mir eingestehen, ich hatte meine Mutter noch nie so fröhlich gesehen und plötzlich fielen mir die Worte von Lässes Mutter ein, „wenn es ihr gut geht, dann ist es in Ordnung", so hatte es Frau Weinhold gesagt. Ich verstand es nicht ganz, aber ich werde auf der Hut sein.

Seine Tür war einen Spalt offen und ich quetschte mich dahinter, um einen Blick zu erhaschen. Er kramte darin herum und setzte sich dann aufs Bett, mit dem Rücken zu mir. Den Kopf mit den hoch geschorenen dichten Haaren hielt er gesenkt und vollführte mit dem rechten Arm weit ausholende Bewegungen.

„Was machte der da bloß?", flüsterte ich in mich rein. Meine Neugierde war geweckt und voll konzentriert beobachtete ich ihm argwöhnisch. Plötzlich drehte er sich halb zur Seite und vor Schreck hielt ich die Luft an. ‚Hoffentlich hat er mich nicht bemerkt' dachte ich nur und wagte mich nicht zu rühren. Dann griff er in seinen Rucksack, holte etwas heraus und klappte ein großes Messer auf. Damit schnitt er einen dicken Zwirnsfaden durch. Und jetzt konnte ich es erkennen, er hatte sich den Lederflecken am linken Ellenbogen seines Pullovers angenäht, der, wie ich mich erinnern konnte, etwas runter hing. ‚Hilfe, ich sah schon Gespenster', dachte ich etwas beschämt, beobachtete ihn trotzdem weiter. Er halbierte einen großen Apfel und spießte die eine Hälfte auf. Mit einem Satz sprang er hoch, riss die Tür auf und hielt mir den aufgespießten Apfel vor die Nase.

„Möchtest du ein Stück? Und wenn du irgendetwas wissen willst, dann frag mich doch!", funkelte er mich an.

Ich fühlte mich ertappt und als ich die kleinen Lachfältchen in seinen Augen sah, ärgerte ich mich erst recht. Johannes hatte mich von Anfang an durchschaut und das Spiel mitgespielt. Richtig sauer verschwand ich in meinem Zimmer, und erst als ich hörte,

dass er wieder nach unten ging, stieg ich leise zu meinem Rückzugsort hoch. Das durfte er nicht mitkriegen. Aber der Regen hing
so tief, verdeckte alle Sicht und ich maulte in mich hinein, bis ich
die Stimme meiner Mutter hörte.

„Charlotte wo steckst du, komm Kaffee trinken."
Ich antwortete nicht, sollten sie ruhig merken, dass mir das alles
nicht so gefiel. Lange hielt ich das aber nicht aus, der Geruch meines Lieblingskuchens zog durchs ganze Haus, da konnte ich nicht
widerstehen. Für einen kurzen Moment musste ich an Lässe denken, obwohl wir beide keinen Kuchen, sondern nur Leberwurststullen vertilgt hatten. Doch das verbesserte meine Laune nicht,
ganz im Gegenteil.

Im Wohnzimmer ging es lustig zu. Meine Schwestern waren alle
da und quatschten wie aufgescheuchte Hühner mit Johannes, sie
kannten ihn ja viel länger und hatten wohl kein Problem mit ihm.

„Charly, was ist los mit dir? Du bist so ruhig, so kenne ich dich
gar nicht", schubste mich Christel an.

„Du kennst manches nicht von mir", bellte ich zurück.

„Huch, wer ist dir denn auf den Schlips getreten?" Sie nahm es
locker und langte sich ein Stück Kuchen vom Teller.

„Eure Mutter erzählte mir von einem Feuerwerk, woher kam
das denn, Silvester haben wir ja noch nicht", schob Johannes die
Unterhaltung wieder an. Als keine Antwort kam, blickte er abwartend von einer zur anderen und blieb bei mir hängen.

„Ich war nicht da", sagte Evi.

„Und wir waren auch nicht im Dorf" schloss sich Ursel an und
Christel nickte dazu.

50

„Tja Charlotte, dann musst du uns weiterhelfen. Ich hatte schon mitgekriegt, dass du nicht ins Haus zurückgekommen warst und dein Fahrrad geschnappt hattest an dem Morgen, wo warst du eigentlich?", trumpfte meine Mutter auf und lies mich nicht aus den Augen. Vor ihr konnte man wirklich nichts verbergen.

„Äh, na Ja", stotterte ich herum, aber es blieb mir nicht erspart, das Wenige was ich wusste, zu berichten.

„Ihr habt ja ganz schöne Geheimnisse in eurem Dorf", rief Johannes lachend und fixierte mich mit seinen blauen Augen, „vielleicht erzählst du mir mehr davon."

„Wenn du wüsstest", antwortete ich keck und schwieg. War mir ganz recht, dass die Mädels dazwischen quakten und all ihre Neuigkeiten von ihrer Ausbildung, der Wohnungssuche in der Stadt, und so weiter, von sich gaben.

Dabei kam mir kurz der Gedanke, ob der Onkel wohl mit mir mal zum Bunker gehen würde. Ich verwarf das aber gleich wieder. Da müsste ich zu viel erzählen, das wollte ich auf keinem Fall.

„Ich geh mal noch eine Stunde raus ans Holz. Kommst du mit Charly, ich könnte Hilfe brauchen." Johannes stand auf und brummelte beim Rausgehen, „du kannst mir alles erzählen, was du willst."

„Hmmm", brummelte ich nur und kuckte ihn misstrauisch an, konnte der vielleicht auch Gedanken lesen, wie Welle? Schweigend stapelte ich das letzte Holz auf und machte mich erst mal vom Hof.

Gegen Abend kehrte wieder Ruhe ein. Johannes musste nach Hause, sich um seine alten Eltern kümmern. Aber bevor er zum

Bus ging, packte er noch jede Menge Leckereien und praktische Dinge aus. Er arbeitete im Kohletagebau und bekam übers Jahr Bezugsmarken. Dafür konnte man einige nützliche Dinge günstig kaufen, auch Schuhe und Anziehsachen. Als wir alles begutachtet und uns bedankt hatten, machten sich meine Schwestern auf den Weg und Mutti legte sich etwas hin.

Ich schlich mich noch einmal auf den Boden, denn mir kribbelte es unter der Haut. Es regnete nicht mehr, feuchte Schwaden hingen zwischen den Bäumen und eigentlich war es zu finster, um etwas zu erkennen. Aber mein Igel schlug Alarm und das nahm ich sehr ernst. Irgendetwas war da im Busch, und siehe da, es blinkten ganz schwach Lichter auf bei unserem Bunker, in gleichmäßigen Abständen. Das waren Morsezeichen, dachte ich nur und ärgerte mich, dass ich das Alphabet nicht zur Hand hatte und vor allem kein Papier und Stift dabei. „So ein Mist! Ich muss sofort zu Welle! Jetzt sind die Lichtzeichen weg, egal, ich muss es ihm berichten, das habe ich versprochen."

Wie so oft redete ich mit mir selbst und auch ziemlich laut, vor allem wenn ich aufgeregt war. Das kam wohl auch zwei Treppen tiefer an, denn meine Mutter, die wohl inzwischen wieder wach geworden war und in der Küche hantierte, rief zu mir hoch, „Charlotte, mit wem sprichst du? Ist jemand bei dir?"

„Alles gut. Hier ist niemand. Ich muss nur schnell noch einen Weg erledigen", beruhigte ich sie und schrieb in meinem Zimmer ein paar Zeilen für den Sheriff auf. Danach schlüpfte ich in die Jacke und huschte an ihr vorbei, ehe sie noch eine Frage loswerden konnte. Sie schüttelte nur wortlos mit dem Kopf.

Kurz darauf schellte ich bei Herrn Weller, aber es blieb alles still-. Ich lungerte noch eine Weile an seinem Haus herum. Danach steckte ich den Zettel in den Briefschlitz an der Haustür und hoffte, dass Welle ihn bald finden würde, mehr konnte ich nicht tun. Zwei Nachbarinnen standen vor ihren Türen und unterhielten sich, quer über die Straße, sie beobachteten mich genau.

„Charlotte, die sind nicht da, ins Nachbardorf sind sie gefahren, ist etwas passiert?"

„Nein, alles in Ordnung. Ich habe nur eine Nachricht für den Sheriff", antwortete ich laut und eilte flugs weg, damit sie mich nicht mit Fragen nerven konnten.

Unüberhörbar zerriss der grelle Ton des Martinshorns unseres Rettungswagens die nasskalte Novemberluft am Sonntagmorgen. Kurz darauf strömten viele Leute zum Dorfplatz, an dem gerade mit hoher Geschwindigkeit das Fahrzeug vorbei raste und sich weiter über Feldwege in Richtung Wäldchen bewegte. In wenigen Minuten war die Hölle los und alle redeten durcheinander.

„Wieder dieser verdammte Bunker. Was ist los? Weiß jemand etwas? Was wird da passiert sein? Da ist Charly, die weiß doch immer alles." Diese und viele andere Fragen schwirrten durch die Luft und ich verdrückte mich schnell, war ja genauso schlau wie alle anderen.

Wenige Minuten später kam ein Löschfahrzeug genau aus Richtung Wäldchen zurück, und die Leute stellten sich einfach in den Weg. Ich war sehr nahe dran und erkannte Peter hinter dem Steuer. Er musste anhalten und öffnete die Tür, hob die Hände, bis das Gequassel endlich abflaute.

„Leute, beruhigt euch", rief er über die Köpfe hinweg. Verschaffte sich so Gehör, „Ich kann nur so viel sagen; dass der Forstgehilfe Herold heute Morgen verletzt im Wäldchen gefunden wurde, es geht ihm gut, alles andere später. Nun macht schon Platz, vielleicht werden wir gleich anderswo gebraucht", drängte er und fuhr in Schritttempo weiter.

„Nun mal den Teufel nicht an die Wand", polterte Herr Hinrich, unser Apotheker, „in letzter Zeit ist ja wohl genug passiert."

„Da hast du recht, Albert.", bestärkte der Eulenwirt die Worte. „Und wer schon gefrühstückt hat, folge mir in die Wirtschaft. Ich gebe einen aus!"

Ein lautes Gejohle heizte die Stimmung hoch, einige Männer folgten ihm, die Frauen schnappten ihr Kinder, schnatterten noch eine Weile und zerstreuten sich dann.

„He Charly, hast du eine Ahnung?" rief mir Eule zu und drängelte sich mittendurch.

„Ne, null Ahnung, Ehrenwort! Ich weiß gar nichts", gab ich voller Überzeugung von mir. Was ich gesehen hatte, behielt ich schön für mich, sonst kreisten sofort Gruselgeschichten durchs Dorf. Und der Buschfunk funktionierte in unserem Dörfchen besser als die Tageszeitung. Am Mittwoch fand die nächste Gemeinderatssitzung statt und da wird es wohl Thema 1 sein, bis dahin werden wir uns wohl gedulden müssen, um genaueres zu erfahren.

Dienstag nach dem Unterricht zog mich Eule zur Seite. „Die fremden Männer im Dorf sind Ermittler aus der Kreisstadt", flüstert er mir aufgeregt ins Ohr. „Die essen bei uns und da habe ich das mitgekriegt."

„Habe ich mir schon gedacht", antwortete ich laut." Ist doch kein Geheimnis. Sie müssen ermitteln. Schon wegen Körperverletzung, oder mehr." Kaum ausgesprochen, ärgerte ich mich darüber.

„Was meinst du mit mehr? Weißt du doch etwas und verrätst nichts?", nervte mich Eule und schaute mich argwöhnisch an.

„Nein verflixt, ich habe keine Ahnung. Aber seit gestern gehen die doch bei Welle ein und aus, das ist doch kein Geheimnis. Und vom Boden aus der Luke sehe ich sie ständig im Wäldchen und am Bunker, Wollen wir vielleicht mal gucken gehen?" Ich grinste ihn dabei an, aber er blieb knorrig, zeigte mir einen Vogel und verschwand wortlos

„Charlotte, wo bleibst du denn? Du wirst schon erwartet", empfing mich meine Mutter ungeduldig an der Haustür und ging voran ins Wohnzimmer, ohne mich weiter aufzuklären.

„Kann ich doch nicht wissen!", knurrte ich zurück.

„Ist schon gut Charly, wir warten noch nicht lange", beruhigte mich Herr Weller, der mit einem Fremden am Tisch saß. „Setzt dich zu uns und entschuldige, dass wir dich so überfallen. Aber ich dachte, mit dir kann man das machen, um Zeit zu sparen. Das ist Kriminalkommissar Holzer aus der Kreisstadt. Er möchte von dir gern noch einmal selbst hören, was du in letzter Zeit und vor allem am Wochenende beobachtet hast, genauso, wie du es mir erzählt hast."

Mit geschlossenen Augen konzentrierte ich mich einige Sekunden und versuchte mich an alles zu erinnern. Die Polizisten verabschiedeten sich nach zehn Minuten und ich war kein bisschen schlauer – alles Ermittlungssache und nicht für die Öffentlichkeit bestimmt, auch nicht für mich. In diesen sauren Apfel musste ich beißen und einfach Geduld haben, das war alles andere als einfach für mich.

Natürlich war Eule am Donnerstag der King. Noch vor Schulbeginn fing er uns ab und prahlte mit Informationen, die er am Mittwochabend bei der Gemeinderatssitzung erlauschen konnte. Dabei ging es um den Forstgehilfen Herold. Nach einem anonymen Hinweis hatte er das Wäldchen und den Bunker bis in die Morgenstunden beobachtet und dabei eins über den Schädel bekommen. Am nächsten Tag sehr früh fand ihn der Sheriff und alarmierte die Feuerwehr.

„Das wissen wir doch schon alles", unterbrach Babsi pikiert seinen Redeschwall und zog Leni hinter sich her.

„Alte Zicken, wollte noch sagen, dem Herold geht es wieder besser", maulte Eule und nahm mich ins Visier. „Alle rätseln jetzt natürlich herum, von wem der anonyme Hinweis gekommen war!"

Zum Glück ertönte die Schulklingel das dritte Mal und ich sauste den Mädels hinterher. Eule hing sich nach der Schule an meine Fersen und gab keine Ruhe.

„Eh Charly, ich erzähle dir nie wieder etwas, du weißt doch mehr darüber. Der Hinweis kam doch von dir, oder?"

„Ist schon gut Eule, ich habe am Samstagabend ein paar Lichter gesehen am Bunker und Welle einen Zettel in den Briefkasten gesteckt. Und wenn du das nicht für dich behältst, erfährst du von mir nichts mehr!"

56

„Krieg dich wieder ein, bleibt unser Geheimnis. Ist ja nicht das erste, oder?"

„Hast ja Recht, bist schon ein Kumpel. Wir müssen zusammenhalten, die Mädels verstehen es eh nicht", redete ich leise auf ihn ein, um ihn vollends zu beruhigen.

Babsi und Leni waren inzwischen herangekommen und sahen unser Grinsen und Babsi krähte uns angriffslustig an.

„Was ist los mit euch? Und was verstehen wir nicht, oder denkt ihr vielleicht, ihr seid schlauer?"

„Nichts weiter, Männersache!", konterte Eule lachend und reckte die Brust raus.

Die Mädels sahen mich komisch an und dann lachten wir alle über diese kuriose Antwort, war ja kein Kerl weit und breit zu sehen, und so genau wollten die es gar nicht wissen.

Bis Weihnachten gab es immer noch nichts Neues. Es schneite viel und die letzten Spuren waren längst verwischt. Mich zog es immer wieder dahin, aber in den Bunker traute ich mich auch nicht mehr. Am Freitag vor dem vierten Advent musste ich mit meiner Mutter zum Bürgermeister. Sie war etwas erstaunt und wir wussten nicht, was wir davon halten sollten. Im Gemeindehaus empfing uns die Sekretärin Frau Franke und führte uns ins Büro. Außer dem Bürgermeister Müller waren noch Herr Weller und Doktor Korn im Raum.

„Charlotte Bauer", sagte Herr Müller fast feierlich, „hiermit möchte ich dir im Namen der gesamten Gemeinde danken für deine Aufmerksamkeit und Mithilfe bei der Aufklärung gewisser Vorkommnisse. Eigentlich wollten wir dir die Anerkennung in der letzten Gemeinderatssitzung überreichen. Doch aus Gründen der Sicherheit, vor allem deiner Sicherheit, haben wir entschieden, dies hier und heute nachzuholen, Herzlichen Glückwunsch."

Mir war ganz flau im Magen als er mir ein Päckchen überreichte und meine Mutter war gerührt und alle lächelten.

„Da wirst du dich freuen, Charly", gab Herr Weller seinen Kommentar dazu und beugte sich etwas runter, „aber immer daran denken, keine Alleingänge, ich habe dein Ehrenwort."

„Versprochen", krächzte ich mit trockener Kehle und eilte meiner Mutter nach, die schon an der Tür wartete. Zuhause angekommen, packte ich, gespannt wie ein Flitzebogen, mein Geschenk aus „Oh, klasse, ein Fernglas, ein richtig gutes Fernglas", jubelte ich laut, drückte meiner Mutter einen Schmatz auf und eilte die Treppe hoch zu meiner Luke.

Stundenlang fiel am ersten Weihnachtsfeiertag Schnee in dicken Flocken vom Himmel herunter, hüllte unser Dorf in ein weißes, glitzerndes, fast märchenhaftes Gewand ein. Ich fegte unseren Weg vor dem Häuschen frei, dachte dabei an unseren schönen, gemütlichen Heiligabend und musste plötzlich lachen, sah deutlich die großen Augen meiner Schwestern vor mir, als ich mein Fernglas auspackte.

„Frohe Weihnacht, Charlotte, bei euch alles gut?", rief mir eine dick vermummte Gestalt zu und kam über die Straße.

„Danke, Doktor Korn, ihnen auch frohe Weihnacht. Hätte sie fast nicht erkannt"

„Das glaub ich dir Charly, läuft man etwas länger draußen herum, sieht man aus wie ein Schneemann." Er lachte, wurde aber gleich wieder sehr ernst. „Ich komme gerade von Frau Weinhold, ihr geht es nicht so gut, hat einen sehr bösen Husten."

„Das tut mir leid. Meinen sie, ich könnte trotzdem mal vorbeischauen?"

„Unbedingt, sie freut sich sicher", schmunzelte der Doc und verschwand wie ein Schatten im Schnee.

„Mutti, ich pack ein paar Lebkuchen ein und schau einen Sprung bei Frau Weinhold rein. Ich habe den Doktor getroffen, er meint, es gehe ihr nicht so gut."

„Ist in Ordnung, Charlotte, richte bitte Grüße aus."

Vor der Haustür angekommen, rollte sich plötzlich mein Igel unter der Haut, er hatte sich lange nicht gemeldet, aber dieses Mal sauste er für einige Sekunden durch den ganzen Körper und blieb wie ein kleiner Kloß im Magen hängen. Am liebsten wäre ich umgekehrt, zu spät, ich hatte geläutet. Die Tür sprang auf und Lässe stand vor mir. Schweigend starrten wir uns an, eine gefühlte Ewigkeit starrten wir uns an, hatten uns ja auch eine Ewigkeit nicht mehr gesehen.

„Lars, wer ist da, es hat doch geläutet?"

„Es ist Charly, Mama", rief Lässe etwas verwirrt und ging mir voraus.

„Das ist aber schön", empfing mich seine Mutter, die dick eingepackt neben dem Kachelofen saß und mir mit gütigen, aber sehr müden Augen entgegenblickte und trotzdem huschte ein kleines Lächeln über ihr Gesicht.

„Frohe Weihnacht, Frau Weinhold, auch von meiner Mutter und meinen Schwestern. Ich habe selbstgebackene Lebkuchen mitgebracht, die mögen sie doch so gern und die schmecken genauso gut wie im letzten Jahr.

„Danke, Charlotte, das freut mich aber, richte das deiner Mutter bitte aus. Komm, setz dich zu mir und Lars, bringe uns doch bitte etwas zu trinken, mir einen Tee und dir Charlotte?"

„Och, so ein leckerer Apfelsaft wäre gut", antwortete ich verhalten und hockte mich an den Tisch. Heimlich beobachtete ich Lässe, eigentlich hieß er tatsächlich Lars, wie er sich rührend um seine Mutter kümmerte. Er war irgendwie erwachsener geworden. Seine freche Haarsträhne war verschwunden, oder mit nach hinten gekämmt. Er merkte etwas und wurde verlegen.

„Charlotte, nun erzähl doch mal die Neuigkeiten aus dem Dorf. Ich komme ja nirgends mehr herum", lockerte Frau Weinhold unsere Befangenheit.

Da war ich in meinem Element. Mit Händen und Füßen brachte ich alles noch einmal in Erinnerung, was in letzter Zeit so passiert war, seit Lässes Weggang. Am meisten lachten wir über das Feuerwerk. Aber es blieb ein bitterer Nachgeschmack, da die Sache mit dem Forstgehilfen noch nicht aufgeklärt war.

Die Zeit verflog und ich musste nach Hause. Lässe ging mit bis vor meine Tür. Ich zeigte ihm den Igel in meiner Hand und seine Augen leuchteten. Ganz kurz legte er den Arm um mich und verschwand wortlos.

Ich hatte die Türklinke schon in der Hand und drehte dann auf dem Absatz um. Von drinnen lockte wohl das Lachen und fröhliche Schwätzen meiner Familie, noch mehr der weihnachtliche Duft, der durch alle Ritzen nach draußen zog. Aber ich musste erst den Kopf frei bekommen. Das Zusammentreffen mit Lässe hatte mich ganz schön durcheinandergebracht, warum auch immer. Bald wurde ich 14 und irgendwelche unerklärlichen Gefühle strömten durch mich hindurch. Sie waren neu, anders als alles, was ich was ich bisher kannte. Sie waren auch schön und trotzdem machten sie mir Angst. Vielleicht sollte ich mal mit Christel darüber reden, die würde mich sicher verstehen. Ich drückte fest meinen Talisman in der Faust und schaute dem lustigen Treiben am Rodelberg zu. Etwas Wehmut beschlich mich plötzlich beim Anblick der fröhlichen Kinder, die mit Papas oder Geschwistern den Abhang hinunter sausten. „Ob mein Vater das auch mit mir gemacht hätte?", flüsterte ich leise den großen Schneemann zu, der mit schwarzen Kohleaugen und seiner Möhren-Nase lustig zu mir rüber schaute. Die Flocken tanzten um mich herum und ich freute mich plötzlich sehr auf meine Schwestern, aber vor allem auf meine Mutti, die bestimmt schon wieder Ausschau nach mir hielten. Und außerdem hatte ich noch nicht alle Geschenke genau unter die Lupe genommen, Ein fest verschnürtes Päckchen von Onkel Johannes lag noch unberührt unter dem großen Weihnachtsbaum.

Das große Fest

In den Wintermonaten war es sehr ruhig im Dorf. Einige Wochen lagen richtige Schneemassen und wir tobten uns auf den kleinen Hängen aus.

Mit meiner Truppe war gar nichts mehr los. Eule musste seinem Vater viel helfen. Seine Mutter war gestürzt und hatte sich das Bein gebrochen. Die Mädels benahmen sich in letzter Zeit komisch, vor allem Babsi. Die hatte schon einen richtigen Busen bekommen. Sie tuschelte nur noch mit Leni herum und warf sich bei jeder Gelegenheit in Positur, vor allem wenn Jungs vorbeikamen. Einmal schnappte ich was auf, von BH tragen und so. Letzten Turnunterricht machte sie nichts mit. Da wusste ich Bescheid. Sie hatte ihre „rote Minna" bekommen. Die trauten sich nicht, mir so etwas zu erzählen. Dabei kannte ich mich da bestens aus, ich hatte drei ältere Schwestern und blöd war ich auch nicht.

Eule kasperte jetzt immer mit seinesgleichen herum. Seine Kumpels hatte ihn wohl ständig damit geärgert, dass er an meinem Rockzipfel hing und mir hörig sei. Das gefiel ihm gar nicht und plötzlich hatte auch er keine Zeit mehr für unsere Treffen. Ich war nicht sauer, vielleicht ein kleines bisschen, Kinderkram.

Es gab so vieles im Dorf zu beobachten und ich war ständig mit meinem Fernglas unterwegs, sah auch manchmal Sachen, die sicher nicht für mich bestimmt waren. Aber ich konnte ja schweigen. Natürlich nervten mich alle, wollten wissen, von wem ich es bekommen hätte. Von meinem Onkel Johannes, log ich ohne rot zu werden, den würde sicher keiner fragen, denn keiner kannte ihn, und ich hatte endlich meine Ruhe.

Das Pfingstfest stand vor der Tür. Seit ewigen Jahren wurde es gemeinsam in der Dreierdorfgemeinschaft gefeiert. Dieses Jahr war „Beeshain" dran, das Fest auszurichten. Die Feuerwehrmänner bauten gerade das riesige Zelt auf der großen Festwiese neben unserem „Wahrzeichen" auf.

„He Charly, hast du alles im Blick?", wollte Peter wissen und schubste mich lachend an.

„Ja klar, immer!"

„Das ist gut. Dann gucke doch mal in Richtung Feuerwache, ob du Gerd mit dem Auto siehst. Der ist schon eine Ewigkeit unterwegs, nur um ein paar Teile heranzuschaffen, die uns hier noch fehlen."

„Ich sehe ihn kommen, Peter. Wahrscheinlich war ihm ein Mädchen über den Weg gelaufen", setzte ich lachend dazu. Gerd war in den Dörfern als Weiberheld bekannt. Das hatte er wohl von seinem Opa geerbt, erzählten die Alten im Ort. So lange wie man denken konnte, gab es schon die Kampelei zwischen den Dörfern wegen der Weibsbilder, so erzählten sie weiter. Und der Opa vom Gerd war immer dabei. In irgendeinem Jahr artete das wohl mal richtig aus mit derben Schlägereien, Knochenbrüchen und auch Blutvergießen. Ich wusste das von der Kräuter-Ruth. Die Rivalen waren aus „Burgsdorf" und das Mädchen auch. Doch Gerds Opa gab nicht klein bei und heiratete im Jahr drauf dieses Mädchen. Von da an wurde Frieden zwischen den Dörfern geschlossen und die Leute aus den Gemeinden vermischten sich öfters. Frisches Blut, sagten die Alten lachend. Mit einer Inschrift am Wahrzeichen wurde es am Ortseingang besiegelt.

„Hier beginnt unser Dorf „Beeshain" – ein jeder ist willkommen, er muss nur guter Absicht sein

„Und so wünsche ich uns allen ein fröhliches und vor allem friedliches Fest." Mit diesem Satz beendete unser Bürgermeister Herr Müller seine Eröffnungsrede, die er in jedem Jahr samstags am „Kreißl" 10 Uhr hielt.

Anschließend bewegten sich Jung und Alt zu Fuß, auf Fahrrädern oder auf Pferdewagen zum Festplatz, um ab 11 Uhr mit Kaffee trinken für die Dorffrauen und einem zünftigen Frühschoppen für die Männer das festliche Wochenende zu beginnen. Für die Kinder waren viele Stände und Stationen zum Basteln, Schminken, Backen aufgebaut und später am Nachmittag fanden Wettkämpfe statt, wie: Sackhüpfen, Eierlaufen, Ballweitwurf oder Büchsenzielwurf. Je nach Altersgruppe gab es kleine Preise zu gewinnen. Ab 16 Jahre durfte man mit dem Luftgewehr schießen, Baumstämme rollen oder „Hau den Lukas" bedienen, um die Kräfte zu messen. Dafür war ich noch nicht alt genug und für die Babyspiele zu alt. Also meldete ich mich überhaupt nicht an. Mit Adleraugen beobachtete ich das lustige Treiben und hatte trotz aller Heiterkeit ein ganz komisches Gefühl, als hänge Unheil in der Luft. Ich hatte die Ereignisse vom letzten Jahr noch lange nicht vergessen. Na klar kannten sich die meisten Leute untereinander, auch aus den anderen Dörfern, und jeder Fremde wurde genau unter die Lupe genommen. Ich lief ständig über und um den Platz herum, blieb da mal stehen und hörte etwas zu oder lauschte dort mal, irgendwie knisterte es. Herr Weller stand mit den Wachtmeistern aus den Nachbardörfern zusammen. Sie schauten sich sehr aufmerksam um und hatten vor allem den großen Bierstand im Blick. Dort lümmelten einige Fremde mit den beiden Ziecklers herum und kippten sich ein Humpen nach den anderen hinter die Binde. Na, die werde ich aber auch ganz genau im Auge behalten, waren so meine Gedanken, die plötzlich von lautem Lachen gestört wurden.

„Na, Sherlock Holmes, wie immer im Dienst?", ulkte der Wachtmeister aus Burgdorf herum und die beiden anderen schmunzelten. Ich zuckte nur mit den Schultern, mir war es egal was die über mich dachten und freute mich über den verständnisvollen Blick von Welle, wir waren uns einig, immer auf der Hut sein.

Gerade fuhr wieder der Ponywagen auf die Wiese, vollbeladen mit schnatternden Kindern. Die Kutschfahrt ging durch alle drei Dörfer und zurück. Frau Walter, die Leiterin unseres Kindergartens, und zwei Mütter begleiteten sie.

Karli, ein Klassenkamerad von Biene und Co lief auf den Wagen zu. Als alle runter waren, zerrte er an Frau Walter herum, die mit dem Kopf schüttelte. Sekunden später gellte ein lauter Schrei vom Kuchenstand durch die Luft. Karlis Mutter lief ganz aufgeregt mit den Armen fuchtelnd zum Ponywagen.

„Lore!", rief sie, „wo ist Lore. Sie war doch mit auf dem Wagen?" Dabei umklammerte sie Karlis Arm. „Sag was, du hast doch deine Schwester auf den Wagen gesetzt, oder", schrie sie und schüttelte ihn heftig, so dass ihm vor Schreck die Tränen kamen.

„Sie ist nicht mit aufgestiegen", mischte sich jetzt Frau Walter ein und versuchte Lores Mutter zu beruhigen, „es passten nicht alle Kinder auf den Wagen und sie sollte auch auf die nächste Fahrt warten wie einige andere."

Suchend schauten alle umher, aber die Lore war nicht zu entdecken. Inzwischen hatte sich ein großer Auflauf gebildet.

„Wo ist sie?", du solltest doch auf sie aufpassen!", zerrte Karlis Mutter immer noch an ihm herum.

„Habe ich ja auch", stotterte Karli und die Tränen liefen über sein Gesicht. „Aber dann musste ich mal ganz dringend, und Lore stand doch in der Reihe. Konnte doch nicht wissen, dass sie nicht mehr mit drauf passte." Die Aufregung war groß. Welle und seine Kollegen näherten sich und wollten alles genau wissen.

„Ruhe!" dröhnte sein lautes Organ plötzlich über den Platz. „Und Frau Baumann, lassen sie endlich ihren Sohn in Ruhe, er ist noch ein Kind. Es ist ihre Pflicht auf die kleine Lore aufzupassen!", raunzte er die verzweifelte Mutter streng an und da wurde es still in der Runde. „So, jetzt suchen wir alles ab, von hier aus in alle Richtungen, bis zum Wald und bis zu ihrem Haus."

Aus allen Ecken und Richtungen tönte es laut Lore, Lore, Lore, ohne Erfolg. Die Feststimmung war dahin. Ich machte mich allein auf die Suche und mein Fernglas war voll im Einsatz, aber vergebens. Nach einer halben Stunde sollte die Suche auf die anliegenden Waldstücke erweitert werden und Welle holte seinen Jeep. Die Feuerwehrleute besetzten ihren Mannschaftswagen und Gerd lief noch einmal ins Sanitätszelt, um Decken zu holen. Nach ein paar Minuten kam er freudestrahlend zurück. Er hatte allerdings keine Decken auf dem Arm, aber dafür die kleine Lore, die sich an ihn schmiegte und sich den Schlaf aus den Augen rieb. Ganz erstaunt schaute sie umher und verstand die große Aufregung nicht. Große Erleichterung machte sich breit und die Menschen liefen wieder kreuz und quer über den Platz, als wäre gar nichts geschehen, war es ja zum Glück auch nicht.

„Lore, Lore meine Kleine, was machst du denn für Sachen?", lachte und weinte die Mutter überglücklich und nahm sie fest in die Arme.

„Mama, du erdrückst mich ja!", sträubte sich Lore, „ich bin vom Warten so müde geworden und habe mich etwas im Zelt ausgeruht, ist das schlimm"

„Nein, nein, mein Liebling, aber da musst du doch Bescheid sagen. Nun habe ich dolle mit Karli schimpfen müssen. Aber jetzt ist alles gut, oder mein Großer?" Sie drehte sich zu ihm und strich über seinen zerzausten Haarschopf. Wortlos stand der Vater daneben, stierte alle betreten an und stampfte zum Bierzelt zurück.

„Ja, ja", murmelte ich halblaut, „die Erwachsenen glauben wirklich, sie sind immer im Recht und machen einfach weiter, wo sie gerade aufgehört hatten." Lores Mutter ließ die Kleine nicht mehr von der Hand, auch als die unbedingt mit der Kutsche fahren wollte, auf die gerade Kinder aufstiegen. Energisch schleppte die Mutter sie mit zum Kuchenzelt. Der Vater, ein Kleinbauer aus unserem Dorf, ging wieder zum Bierstand und schmiss eine Runde für seine Kumpanen. Für die war die Welt wieder in Ordnung. Wie es Karli und Lore damit ging, fragten sie sich wohl nicht. Aber daran konnte ich auch nichts ändern. Ich packte mein Fernglas wieder aus und beobachtete damit weiter das Geschehen, denn irgendeinen Vorfall gab es immer.

Am nächsten Morgen diskutierten meine Schwestern eifrig über den ersten Festtag und ich sperrte hellhörig meine Ohren auf, als ich aus dem Waschzimmer kam.

„Ursel, hat dir das gestern gefallen? Mir nicht. Es war eine komische Stimmung, als würde jeder jeden belauern", ereiferte sich Christel, „nächstes Jahr habe ich da bestimmt keine Lust mehr drauf."

„Na ja, da ist was dran", reagierte die Große, „aber es sind trotzdem unsere Freunde und die meisten sind in Ordnung, oder meinst du nicht, und wenn die doofen Ziecklers nicht gewesen wären, hätten wir wie immer richtig Spaß gehabt?", setzte Ursel dagegen.

Ich belauschte das Gespräch vor der Küchentür. Als der Name Zieckler fiel, rollte sich mein Igel unter der Haut, hatte ich da etwas verpasst. Meine Schwestern waren noch zum Schwofen im Festzelt geblieben, als ich mit Mutti nach Hause musste. Das musste ich ganz schlau anstellen, um etwas herauszubekommen.

„Guten Morgen, meine lieben Schwestern, war es schön gestern Abend?", raspelte ich Süßholz.

Die Beiden schwiegen und feixten sich nur an. Sie hatten mich längst durchschaut

„Nun erzählt schon!", drängelte ich ungeduldig. „Was war mit den Ziecklers. Ich muss das wissen!"

„Ist ja schon gut Charly, du hast ja Recht, gerade du solltest immer daran denken, dass das keine angenehmen Kerle sind, gelinde ausgedrückt", antwortete Christel bereitwillig und schaute dabei zur Tür.

68

„Mutti muss das nicht unbedingt mitkriegen", sprach sie weiter. „Also ganz kurz, irgendwann stänkerten die Brüder, nachdem sie sich zugeschüttet hatten. Aber unser Sheriff Weller ging sofort dazwischen und ermahnte sie, sie sollten lieber an ihre Bewährung denken. Da verschwanden sie missmutig. Aber ich bekam noch mit, dass sie Ausschau nach deinem Freund Lässe hielten und der eine murmelte etwas von einer Rechnung, die noch offen sei. Hast du vielleicht eine Ahnung, was er damit gemeint hat", fragte sie und ließ mich nicht aus den Augen. Mir wurde ganz heiß dabei und ich fing an zu stottern.

„Nee, weiß ich nicht, vielleicht ein wenig, aber...", versuchte ich mich rauszureden und war froh, als meine Mutter dazukam und wissen wollte, wie der Abend verlaufen sei. Das nutzte ich aus und schlich mich davon.

Nach dem Frühstück lief ich zur Festwiese und half bei den Aufräumarbeiten. Es lagen jede Menge Abfälle herum. Ich entdeckte Eule, der missmutig leere Fässer wegrollte, Bierkästen mit Flaschen auffüllte und dann auf einen Wagen lud. Als er mich kommen sah, besserte sich seine Laune, ich packte gleich mit an und er schielte immer wieder etwas verunsichert zu mir rüber.

„He, Charly, ich dachte schon du redest nicht mehr mit mir. Aber meine Kumpels"

„Ist doch Quatsch", unterbrach ich sein Gestammel. „Ich bin nicht sauer auf dich. Aber wir könnten schon mal wieder zu viert etwas unternehmen, war doch immer gut, oder? Vielleich haben Babsi und Leni auch Lust dazu, du könntest sie doch einfach mal fragen, oder?"

„Ja klar, ich rede mit den Mädels, ich habe ja bald Geburtstag und da wollte ich euch sowieso einladen und da sagen die bestimmt nicht nein, oder was meinst du", ereiferte sich Eule und ich musste ihn regelrecht stoppen.

„Natürlich sagen die da nicht nein, aber noch wichtiger ist, du erzählst mir haarklein alles, was so im Gastraum gesprochen wird, bist doch der Einzige, der wirklich Bescheid weiß", schmeichelte ich ihm, mit Erfolg.

„Klaro Charly, das mache ich! Ich erzähle dir alles, was ich höre", flüsterte er zurück und wurde vor Aufregung ganz rot dabei.

Herr Weller kam mit dem Jeep an geknattert, Er stieg unter lautem Ächzen aus und redete mit mehreren Leuten. Auch bei uns blieb er stehen, musterte erst Eule kurz und dann mich mit zusammengekniffenen Augen prüfend, als würden wir etwas vor ihm verbergen, und das konnte man ganz schlecht, vor ihm etwas verbergen.

„Charlotte, alles klar? Na, was ist, du guckst so, also raus mit der Sprache!"

„Na ja, meine Schwestern hatten so was angedeutet über gewisse Leute", druckste ich herum, trat von einem Bein aufs andere und ließ ihn nicht aus den Augen, „dabei ist der Name Lässe gefallen, ist denn etwas passiert?"

„Nein, ist nichts passiert, alles in Ordnung, Charly, jetzt muss ich mal rüber zum Wettkampfplatz, die Vorbereitungen kontrollieren", rief er noch in Eile und schmunzelte beim Wegfahren. Vielleicht sagte er das nur so, dachte ich und schaute hinterher.

Ach ja, nachmittags der Höhepunkt; „Pfingstochsen Pokal", der wurde aller zwei Jahre vergeben und wanderte zwischen den Dörfern hin und her. Alle unverheirateten Männer zwischen 18 und 25 Jahr konnten daran teilnehmen

Auf einer Kampfwiese, 10 mal 10 Meter, mussten sich die Teilnehmer gegenseitig über die Außenlinie drängen, Mann gegen Mann, nach streng festgelegten Regeln, die da wären: Arme über die Brust gekreuzt, nur mit Schultern, Oberarmen, Hüften, Oberschenkeln und den Knien darf geschubst werden. Der als letzter auf dem Platz steht, war der Pfingstochsen König und konnte sich eine Königin aus dem Volk wählen. Die suchten sie sich schon Wochen vorher aus.

Es war eine lustige Tradition seit ewigen Jahren und manche Paare hatten sich dabei gefunden, schwärmten die Alten im Dorf. Eine blutige Nase oder ein paar blaue Flecke wurden da schon mal in Kauf genommen.

Mir ging trotzdem das kurze Gespräch mit Welle nicht aus dem Kopf. Zu gerne hätte ich ihm von der Bemerkung der Ziecklers über Lässe erzählt, aber in der kurzen Zeit fehlten mir die richtigen Worte.

Ich lief zum „Kreißl" zurück und beobachtete mit meinem Fernglas, von Lässes Lieblingssitz aus, die Gegend und hoffte, ihn nicht zu entdecken. Dabei zog wieder dieses eigenartige Gefühl durch meinen Körper wie bei unserem letzten Treffen.

„Wovon träumst du denn, und wo sitzt du eigentlich?", schreckte mich eine laute Stimme hoch und ich hatte Sprosse vor der Linse.

„Das sag ich dir doch nicht und sitzen tue ich sowieso, wo ich will", erwiderte ich frech und lachte dabei. Ich war ja froh über diese Ablenkung und mit Sprosse musste man einfach Klartext reden.

„Wo hast du eigentlich das Fernglas her? Lass doch mal schauen", säuselte er ungewohnt nett und streckte seine Hand aus. Ich musste feixen, hatte längst erkannt, dass seine sonst so ruppige Art nur Unsicherheit war.

„Habe ich von meinem Onkel. Na meinetwegen, du kannst ja mal durchgucken", meinte ich gönnerhaft und hing es ihm um den Hals.

„Das ist gut", sagte er. „Mein Vater hat auch eins für die Jagd. Aber das ist noch schwerer und ich darf nur mal gucken, wenn er dabei ist." Etwas verunsichert schaute er mich an, hatte wohl nicht mit meiner Nettigkeit gerechnet, denn eigentlich verstanden wir uns nicht all zu gut. Ich konnte nämlich gar nicht leiden, dass er immer alle ärgern musste, vor allem die Jüngeren. Und wenn er mit alten Leutchen seine Späße trieb, schaute ich nicht mehr zu und legte mich jedes Mal mit ihm an.

„Bist du dann auch auf dem Platz?"

„Ja sicher, aber erst gehe ich Mittagessen", antwortete ich und musste heimlich feixen. Ein bisschen ruhiger war der auch schon geworden, na ja, wenn man älter wird, dann ist das wohl so.

Ich lief schnell nach Hause und begegnete vielen aus dem Ort, die schon Richtung Festwiese marschierten. Oh je, so spät schon wieder, ich hatte doch meiner Mutter versprochen, mit ihr gemeinsam hinzugehen.

„Da bist du ja. Ich wollte gerade mit den Mädels los. Dein Essen steht im Herd", empfing sie mich ziemlich verärgert.

„Entschuldige Mutti, habe mich mit Sprosse verquatscht. Ihr könnt aber ruhig schon los. Ich komme gleich nach."

„Mutti komm jetzt, Charly holt uns bestimmt ein!", rief Christel ihr von der Tür zu und weg waren sie.

Mir war das ganz recht so. Immer noch hing ich den alten Gedanken nach, schlang mein Mittagessen runter und lief dann, mich sehr aufmerksam umschauend, hinterher.

Die Festwiese war richtig voll, ein Geschiebe und ein Gedränge. Und immer noch brachten Pferdekutschen neue Schaulustige heran. Vor allem für Ältere und für die, die schlecht zu Fuß waren, wurde jedes Jahr dieser Fahrdienst eingerichtet. Der Bürgermeister spendierte Kaffee und Kuchen, von den Dorffrauen selbst gebacken.

Eine kleine Rangelei am Anmeldetisch für den Wettkampf bekam kaum einer mit. Aber ich natürlich. Welle und seine Hilfskräfte mussten mit Nachdruck die Zieckler Brüder zur Vernunft bringen. Sie wollten sich auch anmelden. Doch es wurde im Gemeinderat vorher beschlossen, dass bei Vorstrafen die Teilnahme verweigert werden konnte. Eule hatte das bei einer Versammlung mitbekommen.

Unsere drei hauptamtlichen Ordnungshüter unterhielten sich sehr ausführlich und ich konnte mir vorstellen, um was es ging.

Lautes Lachen, Gekreische und Gequieke hing in der Luft und verlor sich erst im angrenzenden Wäldchen zwischen den Bäumen.

32 junge Männer hatten sich angemeldet und die Hälfte rangelte noch gegeneinander auf der Wiese. Ich kannte sie fast alle. Aus unserem Dorf zählten Peter, Gerd und Frank zu den Favoriten. Meine Schwestern verfolgten es ganz nah an der Grenzlinie. Evelin war nicht dabei, die war mit ihrem Freund unterwegs, war wohl die große Liebe.

„Eh, Christel, hast du schon ein schönes Kleid? Peter wird den Pokal gewinnen und du weißt ja wer dann Königin wird?" Ich schubste sie grinsend an und ging in Deckung.

„Alter Quatschkopp, woher willst du das denn wissen?", zischte sie mit drohendem Blick, doch über ihr Gesicht flitzte ein Grinsen, dass sie nicht verbergen konnte.

Sie wusste genau, dass ich sie bei ihren Schäferstündchen mit Peter schon erwischt hatte. War doch nicht schlimm. Ich konnte Peter gut leiden, er war ein prima Kerl und er steckte mir immer Kaugummis zu. Ich würde es aber auch so nicht hinausposaunen.

Ich pustete Christel ein Handküsschen zu und schaute mich mal nach meiner Mutter um. Sie saß mit den anderen Dorffrauen an der langen Kaffeetafel und war angeregt im Gespräch vertieft. Das beruhigte mich, ich drückte ihr schnell ein Küsschen auf, konnte noch ein paar Groschen für eine Limo abluchsen und mischte mich wieder unters Volk.

Auf der Wiese kämpften im Moment noch fünf Paare gegeneinander. Jetzt hatten sie dafür mehr Platz und umso länger dauerte es natürlich, bis wieder einer über die Außenlinie gedrängt wurde.

Ich kletterte auf einen Leiterwagen, der ungefähr 50 Meter entfernt am Wäldchen stand. Von da oben konnte ich alles ganz genau beobachten mit meinem Fernglas. Dabei entdeckte ich auch Babsi und Leni, die mit einigen anderen Mädchen an einem Tisch standen, da konnte man sich schminken lassen, typisch Babsi. Dann hatte ich Eule im Visier. Der tat mir ein bisschen leid, er musste auch heute bei seinem Vater richtig mit anpacken.

Ich schwenkte mein Fernglas noch weiter herum und erfasste deutlich den Bierstand und alles, was da gerade passierte. Ein kleines Grüppchen Männer stand etwas abseits und gerade lösten sich zwei davon. Es waren die Zieckler Brüder und sie liefen in Richtung Wäldchen, also genau auf mich zu. Eigentlich war die Pinkel Station für Männer auf der anderen Seite. Aber das juckte die doch nicht. Denen wollte ich nicht über den Weg laufen und so machte ich mich schnell aus dem Staub, ehe sie mich entdecken konnten.

In dem Moment tönte lautes Wehgeschrei vom Festplatz und ich eilte hin. Am Sanitätszelt verarztete Dr. Korn den fünfjährigen Berti Martens, der beim Herumtollen über eine Bank hüpfen wollte, dabei hängengeblieben und ganz derbe auf die Kante gestürzt war. An seinem Knie klaffte eine tiefe Wunde, doch er biss tapfer die Zähne zusammen, vielleicht wirkte das Schmerzmittel schon, das ihm Doktor Korn sicher gegeben hatte. Gemeinsam mit Bertis Mutter fuhr er dann mit dem Sanitätswagen in die Kreisstadt. Die Wunde musste genäht werden. Für Berti hatte sich das Fest wohl erledigt, aber nun, passieren kann immer mal etwas, Hauptsache es wird wieder gut.

Auf der Wiese schubsten und drängelten noch zwei Paare um den Pokal. Peter war schon ausgeschieden und er stand bei meinen

Schwestern. Sie lachten und scherzten, flirteten auf Teufel heraus und hatten einen Mordsspass dabei. Ich gönnte es ihnen, Peter konnte ich sehr gut leiden.

Die Stimmung erreichte ihren Höhepunkt und die Anfeuerungsrufe wurden immer lauter. Ein Paar rangelte noch an der Außenlinie. Einer davon musste mit einem Fuß im Kreis bleiben. Und da war es vorbei. Martin gab seinem Gegner einen unverhofften Schubs und ließ sich danach rückwärts auf den Po fallen, damit er nicht mit über die Linie flog. Martin war nun für zwei Jahre unser neuer „Pfingstochsen König", er wohnte in „Burgsdorf" und hatte sich eine Königin aus „Beesdorf" schon vorher ausgesucht. Jetzt musste er mächtig bluten und ein 50 Liter Fass Freibier für alle ausgeben.

So nach und nach leerte sich die Festwiese. Die jüngeren Frauen räumten schon fleißig auf. Kleine Kinder gingen mit ihren Muttis nach Hause und ununterbrochen fuhren die drei Pferdekutschen, die zum Reiterhof Burgdorf gehörten, in alle Richtungen.

Langsam brach die Dämmerung herein und friedliche Stille breitete sich über der Festwiese aus. Nur am Bierstand ging es noch hoch her. Die Jüngeren standen in einem großen Kreis, und unter ihnen das neu gekürte Königspaar.

Etwas abseits hingen noch die Fremden, zusammen mit den Zieckler Brüdern, herum. Sie ließen ganz schön die Bierhumpen kreisen und Herr Weller behielt sie genau im Auge. Das beruhigte mich ein wenig und ich schaute mich nach meinen Schwestern um, wollte ihnen nur sagen, dass ich jetzt nach Hause gehen werde, unsere Mutter war schon lange weg.

Am Platzende drehte ich mich noch einmal um und sah, dass die Zieckler Brüder heftig diskutierend schon wieder auf das Wäldchen zuliefen, da konnte ich nicht einfach gehen. Mein Igel unter der Haut spreizte sich und ich hatte einen dicken Kloß im Hals. Die heckten doch was aus, dachte ich und schlich in einem weiten Bogen hinter ihnen her bis zu einer dichten Brombeer-hecke. Gleich hinter der Hecke stand ein alter kaputte Traktor, und genau von dort hörte ich sie reden. Keine drei Meter entfernt. Das. jagte mir schon etwas Gänsehaut über den Rücken und weg-laufen konnte ich auch nicht mehr. Ein wenig zittrig hockte ich mich an der äußersten Ecke hin und biss in meinen Jackenärmel, als einer plötzlich ganz dicht an die Hecke von der anderen Seite herantrat und sein Geschäft erledigte. Zum Glück war sie hoch genug, dass er nicht drüber schauen konnte, dafür hörte ich jedes Wort, was gesprochen wurde.

„So ein blödes Fest, schade dass der Weinhold nicht da war. Dem hätte ich heute heimlich eins übergezogen", schnaufte er und dabei zischte ein nasser Strahl in die Hecke, fast bis vor meine Nase. Nun stellte sich auch noch der Bruder daneben und ließ sei-nen Druck ab.

„Eh Fred, bist du verrückt geworden, das können wir uns jetzt nicht erlauben, Bewährung haben wir und einige Vorstrafen, dann landen wir wirklich im Bau", zeterte er und trabte seinem Bruder hinterher, der sich am Traktor zu schaffen machte.

Ich konnte nichts sehen, die Hecke war sehr dicht, aber hören konnte ich alles sehr genau. So nah es ging drückte ich mich ran und sperrte die Ohren weit auf.

„Was machst du da eigentlich? Was hast du da?"

„Na was schon, mein Baby natürlich. Vielleicht brauch ich es heute doch noch", brüstete sich der Ältere.

„Hallo, Alter, bist du denn ganz verrückt, wenn das einer finden sollte", krächzte der Bruder mit unterdrückter Stimme.

„Kolle, was bist du für ein Jammerlappen geworden. Glaubst du wirklich, das können die so mit mir machen. Unser Vater sitzt im Knast, schon vergessen? Oder wie die uns gestern und heute ausgebremst haben, auch schon vergessen?", schniefte der Bruder voller Hass. Und außerdem, wenn die etwas wüssten oder ahnen würden, wären die wegen dem Forst Heini schon längst bei uns aufgetaucht, aber Beweise, dafür braucht man Beweise", triumphierte er und dann ich hörte nur lautes Geraschel von Papier oder trockenem Stroh, bevor sie verschwanden.

Es waren nur wenige Minuten, Angstminuten. Die grusligen Bilder vom Fast – Zusammenstoß mit dem alten Zieckler und seinen kriminellen Handlangern im Bunker kamen hoch und jagten mir eine Gänseheut nach der anderen über den Rücken. ‚Nur noch mit Welle sprechen ,hämmerte es in meinem Kopf und ich schlich mich zum Festplatz zurück, lief dabei ausgerechnet meiner Schwester Christel in die Arme.

„Charly, wir suchen dich schon überall. Du wolltest doch schon lange Mutti nach Hause folgen", tadelte sie mich etwas ungehalten. Dann schob sie mich von sich weg und schaute mich prüfend an, zupfte dabei an mir herum, was ich gar nicht leiden konnte, und stellte fest, „Du siehst sehr blass aus, alles in Ordnung?"

„Alles in Ordnung, ich bin nur ein bisschen müde, war ein langer Tag", konterte ich altklug, „habt ihr vielleicht Herrn Weller gesehen, den muss ich noch etwas sagen, dann laufe ich sofort nach Hause.

„Der ist im Sanitätszelt", gab Peter lachend Auskunft, er sah das nicht so eng, hakte meine Schwester unter und entführte sie zur Tanzfläche.

Erleichtert lief ich zum Zelt, aber meine Beine waren dabei richtig wackelig und mir war etwas übel, als hätte ich mir den Magen verdorben. Am liebsten hätte ich mich jetzt hingesetzt. Herr Weller entdeckte mich sofort am Zelteingang. Er gab dem Doc ein Zeichen und beide eilten auf mich zu.

„Ja um Himmels willen, Charly, was ist mit dir denn los? Du siehst aus, als hättest du Gespenster gesehen, wieder mal", grinste Herr Weller etwas schief, aber sehr besorgt. Doktor Korn holte mir etwas zu Trinken und untersuchte mich kurz, Augen, Reaktion und so. Langsam erholte ich mich, der Kloß im Hals verschwand auch und ich versuchte aufrecht zu sitzen. Der Doc und Welle setzten sich dazu, sahen mich ernst an und warteten geduldig, bis ich endlich wieder reden konnte.

„Gespenster, das kann man wohl sagen, aber sehr lebendige", sagte ich, holte ein paar Mal tief Luft und gab fast wortgetreu die Unterhaltung zwischen den Brüdern wieder, dabei redete ich mich richtig in Rage, bis ich die steile Falte auf Welles Stirn bemerkte, da wurde ich immer leiser und rutschte im Stuhl zusammen.

Für Sekunden war es sehr still und Herr Weller atmete hörbar durch. Doch ehe er ein Wort von sich geben konnte, schüttelte der

Doc leicht mit dem Kopf und Welle bemühte sich ruhig zu bleiben. Er legte seine Hand auf meine Schulter und redete mit gepresster Stimme auf mich ein.

„Meine Güte, Charly, hatten wir nicht eine Abmachung, keine Alleingänge, ich verlasse mich doch darauf. Nicht auszudenken, wenn die dich entdeckt hätten."

„Ich weiß", antwortete ich zerknirscht, „eigentlich wollte ich ja auch heute Morgen schon von der Bemerkung über Lässe erzählen, die meine Schwestern gestern aufgefangen hatte. Die Zieckler Brüder hatten ihn gestern schon gesucht, wegen einer Abreibung und so, hatte mir Christel heute früh erzählt."

„Na ja, ist ja noch mal gut gegangen", lenkte er etwas versöhnlicher ein, „und du hast nicht gesehen, was die da versteckt haben könnten?", wollte Welle noch mal wissen.

„Ne, das habe ich nicht, ich habe nur gehört, dass die da was versteckt haben mussten in dem Traktor und die Unterhaltung sagt ja wohl alles."

„Okay! Der Sache werden wir nachgehen. Er stand auf und rief Peter heran, der gerade ins Zelt kam. „Charly, Peter bringt dich jetzt nach Hause, dort bleibst du auch, egal was passiert. Wenn du dich nicht gut fühlst, dann rede mit deiner Mutter, die kann dem Doktor Bescheid sagen, ist das verstanden!"

„Ja doch", knurrte ich leicht gereizt und folgte Peter zum Auto. Der wollte natürlich wissen was los gewesen war. Aber ich schüttelte nur mit dem Kopf, murmelte unverständliche Worte, hatte so gar keine Lust auf eine Unterhaltung. Da schaute er mich schief an und ließ mich in Ruhe.

Nach einer scheußlichen Nacht quälte ich mich hoch. Es war schon heller Tag und keiner hatte mich geweckt. Ich hörte die Stimmen meiner Schwestern und das laute Gespräch aus der Küche, das rüttelte mich sofort hellwach und meine Antennen schossen hoch. Vor der Tür verharrte ich eine Weile, da meine Mutter gerade fragte, wie der Abend auf dem Platz noch verlaufen sei. Frau Ewers, unsere Nachbarin, hätte so Andeutungen gemacht. Die hatte sie wiederum von dem jungen Mann am Zaun von ihrem Nachbarhaus gehört.

Laut gähnend betrat ich die Küche, setzte mich hin, natürlich völlig ahnungslos, und wartete auch auf Antwort.

„Ach Mutti", nuschelte Ursula mit vollem Mund, „viel haben wir auch nicht mitgekriegt. Erst war alles friedlich, dann benahm sich der ältere Zieckler wie ein Irrer und als seine Kumpel sich mit einmischen wollten, war schon Verstärkung aus der Kreisstadt da. Ich glaube Herr Weller hatte so etwas geahnt."

„Den Eindruck hatte ich auch", mischte sich jetzt Christel ein, kniff die Augen etwas zu und nahm mich aufs Korn. „Charly, weißt du vielleicht mehr darüber?"

„Ich, nee, war doch schon lange zu Hause", mimte ich immer noch gähnend die Ahnungslose.

„Ja eben", fiel Ursel mir ins Wort, „Peter hat dich nach Hause gebracht, habe ich doch gesehen."

„Na und, er ist eben ein netter Kerl", ulkte ich herum und stopfte mir eine Semmel mit Marmelade in den Mund, damit ich nicht mehr reden musste und setzte meine beste Unschuldsmiene dabei auf.

„Okay, darüber reden wir noch!" Sie blitzte mich an, so nach dem Motto, ich vergesse es nicht. „Wie gesagt, die Zieckler Brüder wurden erst mal mitgenommen. Hoffentlich kehrt nun mal Ruhe ein im Dorf", rief Christel aus und schaute auf die Uhr. „Große, wir müssen los, sonst ist der Bus weg!" sie sprang auf und schnappte sich ihre Tasche. „Und du passt auf Mutti auf, versprochen?"

Ich nickte heftig mit dem Kopf und begann den Tisch abzuräumen. Meine Mutter begleitete die Mädels bis zum Bus und ich stieg mit dem Fernglas auf den Boden hoch zu meiner Luke. Hatte keine Lust auf Fragen. Später, als sich Mutti etwas hinlegen wollte, machte ich mich auf den Weg zur Festwiese, natürlich nicht, ohne es ihr zu sagen.

Die Aufräumarbeiten waren noch voll in Gange und ich half gerne mit. Als nur noch das riesige Zelt, ein paar Tische und Stühle standen, setzten sich alle Helfer erst mal um den großen Grill, auf dem die letzten Bratwürste brutzelten.

„He Charly, komm ran und lang zu", rief Gerd mit einer einladenden Handbewegung. „Du hattest ja mal wieder den richtigen Riecher, Hut ab", sagte er und alle anderen schauten zu mir, machte mich verlegen, passte mir gar nicht.

„Keine Ahnung was du meinst. Ich war längst schon zu Hause, stimmt doch Peter, oder?", versuchte ich meinen Kopf aus der Schlinge zu ziehen, es bereitete mir Unbehagen, dass alle auf mich starten und eine Antwort von mir erwarteten und anderes mehr.

„Mag sein, aber der Tipp kam von dir", haute Martin in die Kerbe und einige von den Älteren nickten zustimmend.

„Charly, du hast ein gutes Gespür für kleine Ganoven. Vielleicht wirst du mal Polizist und löst in ein paar Jährchen unseren Weller ab", dröhnte der „Eulenwirt" mit lauter Stimme, schwang dabei weit ausholend mit der Grillzange und die anderen fielen in sein Lachen ein.

„Niemals!", schoss die Antwort aus mir raus. Jetzt schauten sie mich aber überrascht an und warteten wohl auf eine Erklärung.

„Na ja, kleine Ganoven jagen, dass wäre in Ordnung. Aber die ganze Klüngelei in unserem Dorf, der Neid, die Falschheit, und vieles mehr gefallen mir nicht. Da möchte ich nicht für Ordnung sorgen müssen", erwiderte ich ziemlich keck, schnappte mir ein Würstchen und lief davon, ehe einer reagieren konnte, doch die erstaunten Blicke spürte ich regelrecht in meinem Rücken.

„Denen haste jetzt aber eine verpasst Charlotte", hörte ich jemanden hinter mir sagen, drehte mich kauend um und hätte fast die Kräuter-Ruth angerempelt, die gerade vom Festplatz kam. Ich hatte sie nicht bemerkt, aber sie hatte wohl den kleinen Wortwechsel mitbekommen.

„Du bist ein schlaues Mädchen", sagte sie schmunzelnd, doch ihr Blick blieb ernst dabei und sie strich mir über die Haare, „aber vergiss nie, es gibt nicht nur nette Leute im Dorf und da denke ich nicht nur an die Ziecklers!" Ohne eine Antwort abzuwarten, setzte sie ihren Weg fort.

„Wie geht es der Frau Weinhold eigentlich", rief ich ihr hinterher und sie drehte sich noch einmal um.

„Nicht so gut. Schau doch mal wieder rein, sie würde sich bestimmt freuen, außer uns schaut keiner nach ihr.

„Das mach ich", versprach ich laut und meinte es auch so. Dann lief ich zum „Kreißl". Dort hockte ich mich in Lässes Stammsitz und eine Menge Gedanken jagten mir durch den Kopf, war ich diesmal zu weit gegangen? Mein Igel rollte wie verrückt unter der Haut. Aber genauso ist es doch im Dorf, treffen sich die Nachbarn, zum Beispiel beim Bäcker, in der Metzgerei oder im „Eulenwirt", bringen sie sich mit   Nettigkeiten fast um, schmeicheln sich ein, loben sich gegenseitig. Ist dann einer um die Ecke verschwunden, ziehen die anderen ihn durch den Kakao und lassen kein gutes Fleckchen an ihm dran, Erwachsene eben. Das färbte schon auf ihre Kinder ab, habe ich auch schon erlebt. Sprosse, der Apothekensohn, war das beste Beispiel dafür.   Oder Babsi, die hatte sich in letzter Zeit sehr verändert. Im Bäckerladen tratschten einige Dorffrauen letzte Woche über deren Familie.

Babsis Vater, Herr Baumann, war Anwalt und hatte die Kanzlei von seinem Vater im Ort übernommen. Aber seit ein paar Wochen ist er damit in die Kreisstadt umgezogen und er nur noch selten zuhause. Hinter vorgehaltener Hand munkelte man, dass er schon mit einer anderen Frau gesehen wurde, vielleicht seine Sekretärin, oder eine Geliebte, vermuteten die ganz schlauen Dorfbewohner. Sie streiften dabei Frau Baumann mit mitleidigen Blicken, aber die ließ sich nichts anmerken. Sonntags ging sie gemeinsam mit ihrem Mann und Babsi in die Kirche und die Welt war in Ordnung. Ihrer Tochter erfüllte sie jeden Wunsch, meldete sie zum Klavierunterricht an, kurz darauf zum Reitunterricht. Babsi wurde immer hochnäsiger und die alte Clique war Luft für sie, außer Leni, die lief ihr hinterher wie ein Hündchen. Ich fand das sehr traurig,

Der Platz war menschenleer und ich hing so meinen Gedanken nach, bis Herr Weller mit seinem Jeep heran knatterte und vor mir stehen blieb.

„So, so, du willst also kein Polizist werden", stellte er betont ernst fest.

„Puh, da hat ja mein Spruch schnell die Runde gemacht, oder?"

„Das kannst du laut sagen und manchen hat er ziemlich zum Nachdenken gebracht", antwortete er schmunzelnd, sah mich eine Weile prüfend an, ehe er etwas zögerlich weitersprach. „Eigentlich dürfte ich dir das gar nicht erzählen, aber du würdest mich sowieso danach fragen, denke ich und du wirst es auch für dich behalten, denke ich. Wir haben einen Baseballschläger im Traktor gefunden, der wird jetzt auf Spuren untersucht. Die Zieckler Brüder stritten natürlich alles ab, er würde ihnen niemals gehören und so, dann wollten sie richtig Ärger machen. Doch ehe es ausarten konnte, waren die Kollegen aus der Kreisstadt da und nahmen sie mit.

„So etwas Ähnliches hatte meine Schwester auch erzählt", erwiderte ich leise und ein leichtes Frösteln schlich durch meinen Körper. Minutenlang war es still zwischen uns.

„Du machst dir immer noch Sorgen um Lässe?"

„Schon!" Ich nickte und schaute ihm in die Augen.

„Du bist ein ungewöhnliches Mädchen, Charlotte. Sollte ich etwas erfahren, sage ich es dir. Und wenn du mal reden willst, kannst du immer zu uns kommen. Meine Hedwig würde sich freuen. Die backt auch guten Apfelkuchen", betonte er grinsend und fuhr weiter Richtung Ortsausgang.

„Was meinte er denn mit auch, hatte er den Kuchen von meiner Mutter schon mal gekostet, oder konnte er wieder Hellsehen?", grübelte ich laut vor mich hin, musste dann selbst darüber lachen und lief flugs nach Hause zu meiner Mutter. Das Mittagessen war bestimmt schon fertig und Sorgen sollte sie sich nicht schon wieder um mich machen.

Verwirrende Gefühle

Der Sommer verging wie im Fluge. Drei Wochen verbrachte ich mit meiner Klasse im Zeltlager an der Ostsee. Wir wanderten, spielten Volleyball am Strand und ich lernte Skat von den Betreuern der Jungs. Am schönsten fand ich die Lagerfeuer mit Gitarrenspiel und Gesang. Manchmal bekam ich ein wenig Heimweh und sehr oft dachte ich an Lässe. Dann wünschte ich mir, dass er ganz dicht bei mir säße, den Arm um meine Schulter gelegt, beim Knistern des Feuers und dem beruhigenden Wellenschlag des Meeres. Mein Igel kroch mir dann unter die Haut und brachte noch ein paar Schmetterlinge mit. Ich bekam ihn einfach nicht aus dem Kopf. Das machte mich richtig sauer, aber irgendwie war es auch schön, träumen, einfach träumen. Trotzdem mochte ich die komischen Gefühle gar nicht, die verwirrten nur.

An meinem 14. Geburtstag lud ich meine Clique einfach ein und sie kamen, sogar Babsi. Die Stimmung war nicht so wie immer, am meisten redete Babsi, was heißt reden, sie prahlte mit ihren neuesten Errungenschaften und Eule verdrehte die Augen. Und als ich von unserem Bunker anfangen wollte, war die Stimmung ganz dahin.

„Charly, beobachtest du das Wäldchen immer noch von der Luke aus?", lenkte Eule ein.

„Ja sicher, einer muss es ja tun", reagierte ich etwas patzig und das tat mir gleich ein wenig leid, „vor allem weil sich jetzt dort öfters Biene und Co treffen", setzte ich eifrig hinzu, „da muss doch jemand ein bisschen aufpassen."

„Wie du auf dich", konterte Eule grinsend, „was man so hört."

„Was hört man denn für Sachen", pikierte sich Babsi und starrte mich an, neugierig war sie ja doch noch.

„Ach, alles Schnee von gestern!" Ich beendete mit einer Handbewegung die Fragerei, blitzte Eule an und drehte den Finger vor meinem Mund. „Dafür höre ich von dir schon lange nichts mehr", knurrte ich ihn an.

„Ist ja schon gut, reg dich ab, war doch Sommerpause. Die Versammlungen gehen doch erst wieder los, dann halte ich dich auf dem Laufenden, kannst dich doch auf mich verlassen"

„Worüber quatscht ihr eigentlich? Seit die Ziecklers weg sind, ist doch Ruhe", nörgelte Babsi missmutig herum und Leni nickte wie immer, ohne ein Wort zu sagen.

„Kommt zum Kaffeetrinken", rief meine Mutter und steckte den Kopf zur Tür rein. „Außerdem wollen noch andere gratulieren", meinte sie geheimnisvoll.

Ich war froh über die Ablenkung und eilte neugierig in die Stube. Die drei kamen hinterher und staunten nicht schlecht, genau wie ich. Am Tisch standen Herr Weller, Doktor Korn und Frau Franke, die Sekretärin des Bürgermeisters Müller.

„Charlotte, herzlichen Glückwunsch zum Geburtstag soll ich dir vom Bürgermeister und dem Gemeinderat überbringen", sagte sie freudestrahlend und drückte mir einen Blumenstrauß und ein Kuvert in die Hand.

„Danke, danke", stotterte ich überrascht, damit hätte ich nicht gerechnet, Warum auch, war eigentlich nur bei sehr alten Leuten üblich. Herr Weller und der Doc gratulierten mir auch und meine Freunde bekamen Stielaugen.

Dann schenkte Mutti Kaffee ein, für uns Kakao. Sie hatte wieder den besten Kuchen der Welt gebacken, Apfelkuchen mit Gitter und darauf leckeren Zuckerguss. Die Besucher blieben nicht lange und Welle haute mir beim Rausgehen noch auf die Schulter.

„Haste dir verdient Charly, pass auf dich auf."

Die drei drängelten so lange, bis ich das Kuvert öffnete. Eine Karte und ein Gutschein über 50 Mark waren drin. Jetzt hatten sie etwas zu reden. Ich freute mich, grinste vor mich hin und musste gerade daran denken, was sie wohl sagen würden, wenn sie wüssten, dass das Fernglas auch vom Bürgermeister war. Aber davon wussten sie bis heute nix und so soll es auch bleiben.

Am Wochenende waren meine Schwestern alle da und überhäuften mich mit kleinen Geschenken und dann tauchte Johannes noch überraschend auf. Das waren wieder mal richtig lustige Stunden in unserer Familie und Mutti konnte auch mal ihre Sorgen vergessen, obwohl die sich meistens nur um andere Leute im Dorf drehten. Zum Beispiel hatte sie Frau Weinhold oft besucht, die ihren bösen Husten nicht mehr wegbekam und seit ein paar Tagen im Krankenhaus lag. Aber auch das konnte meine Mutter endlich mal verdrängen. Nach zwei Glas Wein bekam sie rote Wangen und sah wie ein junges Mädchen aus. Und ich bemerkte wohl, dass Onkel Johannes gar nicht den Blick von ihr wenden konnte. Mein Igel hatte sich lange nicht gemeldet, aber ehe er diesmal zu kribbeln anfangen konnte, befahl ich ihm ruhig zu bleiben, schließlich war ich gerade 14 geworden und sah manche Dinge etwas anders.

Nach dem Wochenende gerieten die Dorfbewohner wieder einmal in große Aufregung, als Montag, 14 Uhr die Kirchturmglocke außer der Reihe läutete. Das bedeutete nichts Gutes und alle, denen es irgendwie möglich war, sollten sich dann am „Kreißl" einfinden. Herr Welle informierte die Leute darüber, dass wohl ein psychisch kranker Mann aus einer Klinik verschwunden war, die keine 100 km vom Dorf entfernt lag. Die Kinder sollten vom Wald wegbleiben, die Erwachsenen die Augen offenhalten und alles Verdächtige sofort melden. In der Zeitung und im Rundfunk wurde es nur kurz erwähnt und die Alten meinten, am liebsten wollten die Oberen solche Sachen unter den Tisch kehren. Aber unser Sheriff war eben auf die Sicherheit seiner Schäfchen bedacht und war deshalb auch bei allen sehr beliebt - bei fast allen, gluckste ich vor mich hin, als mir die Ziecklers einfielen mit ihren Gaunereien.

Doch ich merkte auch, wie schnell die Leute alle Warnungen vergaßen, der allgemeine Trott ging weiter. Aber ich blieb aufmerksam, legte mein Fernglas nach der Schule erst aus der Hand, bis ich in der Dunkelheit nichts mehr sehen konnte. Meine Mutti schmunzelte darüber. „Du bekommst schon ganz eckige Augen", sagte sie einmal und strich mir liebevoll über die Haare. Der Spruch hätte mich wohl bei jedem anderen geärgert, aber bei meiner Mutter nicht.

Eine Woche nach Wellers Ansage brach plötzlich Panik aus im Dorf. Viele erinnerten sich auf einmal an seine warnenden Worte und die schlimmsten Gerüchte kursierten herum.

Lisa Borgmann, eine Mitschülerin von Biene aus der sechsten Klasse, war nach der Schule nicht nach Hause gekommen. Sie war eigentlich ein sehr ruhiges und zurückhaltendes Kind, sagte man von ihr. Sie hatte noch drei jüngere Geschwister und musste richtig mit anpacken. Der Vater war ein ziemlicher Brummkopf, erzählte mir einmal die Kräuter Ruth und dass sie die Lisa manchmal bedauerte.

Alle waren in Aufruhr. Welle stellte Suchkommandos zusammen, die die Waldgegend durchforsteten. Jede Scheune und jeder Heuhaufen wurden abgesucht und jeder Stein umgedreht. Als die Finsternis hereinbrach stellten sie die Suche erst einmal ein und die meisten trafen sich im „Eulenwirt", wollten beratschlagen, wie es weitergehen sollte. Einige größere Kinder schlichen sich mit rein und wurden nicht weggejagt. Die Frauen standen um Lisas Mutter herum und machten ihr Mut. Doch der Vater führte sich schlimm auf, er zog gar nicht in Betracht, dass seiner ältesten Tochter etwas passiert sein könnte. „Wenn die Göre wieder nach Hause kommt, kann sie was erleben", brüllte er herum und langte nach einem Bier, das auf dem Tresen stand.

Mit einem Mal war es totenstill in der Wirtschaft. Die Mutter von Lisa stürmte auf ihn zu und trommelte mit den Fäusten auf ihn ein, „Da bist nur du schuld", schrie sie laut. „Du bist viel zu streng zu ihr, nichts macht sie richtig. Sie ist bestimmt abgehauen, weil du ihr gestern eine Ohrfeige für nichts verpasst hast. Aber damit ist jetzt Schluss. Ich gehe sie jetzt suchen. Sie rannte zur Tür raus. In dem Moment kam Marie Becker mit ihrem Vater auf die Wirtschaft zu, fasste Lisas Mutter am Arm und redete mit ihr. Marie war Lisas beste Freundin und hatte ihr Versprechen gegeben. Sie musste versprechen, nichts zu verraten, erfuhren wir jetzt von ihr. Lisa hatte ein Geheimversteck im Schuppen zu Hause und wollte sich dort verkriechen vor ihrem Vater. Sie wollte einfach nur einmal erleben, dass jemand um sie Angst hatte und sich Sorgen um sie machen würde.

Als dann alle nach Lisa suchten, bekam Marie ein schlechtes Gewissen und erzählte es ihrem Vater. Der ist sofort mit seiner Tochter zum „Eulenwirt" geeilt, um die Geschichte aufzuklären und die Eltern zu beruhigen.

Die Sache war damit aus der Welt. Man fand Lisa in ihrem Versteck. Das war ein Hilferuf, sagten manche Erwachsenen und hofften, dass auch Lisas Vater einmal darüber nachdenken würde.

Es war ein unglücklicher Zeitpunkt, da gerade die Angst und Sorge wegen des kranken verschwundenen Mannes umging, der wenige Tage später, nicht weit von der Klinik entfernt, entdeckt und zurückgebracht wurde. Jetzt konnte ich getrost erst einmal mein Fernglas wegpacken.

Lange hielt ich es zuhause nicht aus. Eine innere Unruhe trieb mich immer wieder hinaus ins Dorf. Den ganzen Sonntagvormittag hatte es geregnet und jetzt hingen noch feuchte Nebelschwaden zwischen den Bäumen. Ab und zu funkelten die Regentropfen wie geschliffene Diamanten, immer wenn ein Sonnenstrahl durch die Wolken brach. Ich bewunderte den fantastischen Regenbogen und stand plötzlich vor Lässes Haus. Die grünen Fensterläden waren geschlossen, ja klar, Frau Weinhold war im Krankenhaus, und trotzdem hatte ich das Gefühl, es wäre jemand drin. Ich presste mein Ohr dicht an die Tür und hörte Geräusche. Doch ehe meine Fantasie Purzelbäume schlagen konnte, ging die Tür auf.

Auf Tuchfühlung stand Lässe vor mir. Vor Überraschung brachte ich kein Wort heraus. Mein erster Gedanke; warum hat mich Welle nicht vorgewarnt'? Und mein zweiter Gedanke, jetzt laufe ich auch noch rot an wie eine Tomate, was mich besonders ärgerte. Lässe feixte, als ob er meine Gedanken erraten konnte, und sagte zur Begrüßung, „was für eine Überraschung, es konnte keiner wissen, dass ich hier bin, hat sich heute Morgen erst ergeben."

„Gut", konterte ich, „du willst sicher deine Mutter besuchen?"

„Ja sicher, deswegen bin ich hier. Komm doch rein. Ich muss nur noch einige Sachen einpacken, die deine Mutter wohl schon zurechtgelegt hat.

Als er im hinteren Zimmer verschwunden war, kriegte ich mich langsam wieder ein. Es ging alles so schnell und mein Igel machte sich erst jetzt bemerkbar und ich kämpfte gegen tausend Gefühle an. Lässe sah gut aus, älter, so erwachsen und sportlich.

„Nun erzähl doch mal, was war alles los im Dorf", riss er mich aus meinen Gedanken. „Du kannst mich ja bis zu Welle begleiten. Ich wollte mich kurz bei ihm melden und hoffe, dass er mich ins Krankenhaus zu meiner Mutter fährt."

„Kann ich machen, aber mich interessiert mehr, wie es dir geht."

Lässe blieb still und so musste ich wohl oder übel weiterreden, über unser Fest und wer diesmal der neue „Pfingstochsen- König" sei, über Lore, die sich im Sani Zelt schlafen gelegt hatte. Die Sache mit den Ziecklers ließ ich absichtlich aus, auch dass die Brüder nach ihm Ausschau gehalten hatten. Ich erwähnte noch, dass vor kurzem ein kranker Mann gesucht wurde und gleichzeitig

93

die Lisa verschwunden gewesen sei und dass ich ein Fernglas und einen Gutschein von der Gemeinde bekommen hatte. Ihm huschte ein kleines Grinsen über das Gesicht, als ich atemlos innehielt.

„Uff, und jetzt bist du dran", bedrängte ich ihn und wartete.

„Was gibt es von mir schon zu erzählen", druckste er herum. Ich wohne mit meinesgleichen zusammen in einem alten Rittergut. Es gibt Tiere, Ställe, Wiesen und Felder, die von uns bewirtschaftet werden. Manche gehen auch in Betriebe und auf Baustellen arbeiten. Es geht sehr streng zu, aber Freizeit haben wir auch und da mache ich meistens Sport."

„Das sieht man", fiel ich ihm ins Wort und bereute es gleich, spürte regelrecht, wie mir die Hitze schon wieder ins Gesicht stieg.

„Eh, lass das", reagierte er verlegen, lief einmal um mich herum, grinste schief und schubste mich leicht an.

Diese Berührung jagte mir einen Schauer durch den Körper und ich zog meine Schultern hoch. Lässe bemerkte es und sprach schnell weiter.

„Ich mach mir Sorgen um meine Mutter. Ihr geht's nicht gut. Deshalb bin ich froh, dass ich sie heute besuchen kann." Plötzlich blieb er dicht vor mir stehen, sah mich eine Weile forschend an, holte tief Luft und setzte noch hinzu, „aber nicht nur deshalb bin ich froh."

Ich hatte einen Kloss im Hals und antwortete nicht darauf. Bis zu Wellers Haus war es still zwischen uns. Lässe läutete und nach wenigen Sekunden schon stand der Sheriff in der Tür, als hätte er uns erwartet.

„Kommt rein ihr beiden!", trompetete er laut. „Ich habe ein Fax gekriegt", ergänzte er noch und lächelte Lässe an.

„Ich muss nach Hause. Grüße deine Mutter von mir", redete ich mich raus und streckte Lässe die rechte Hand entgegen. Er drückte sie fest und ich bemerkte deutlich seine Überraschung, als er dabei meinen kleinen Holzigel spürte. Welle war schon im Haus und bekam zum Glück das Knistern nicht mit, dachte ich.

Seit der letzten Begegnung mit Lässe war einiges anders, anders für mich. Ich konnte es selbst nicht richtig erklären. Abends, ehe ich schlafen ging, brauchte ich viel länger in unserem Waschzimmer und schloss es sogar von innen ab. Manchmal stand ich minutenlang nackend vor dem großen Spiegel und fragte mich, ob ich wohl hübsch sei mit meinem strubbeligen blonden Haaren und den kastanienbraunen Augen. Meine Beine waren lang, die Schultern zu breit und der Busen kaum zu sehen. Aber noch verwirrender waren meine Träume. Oft befand ich mich in Gefahr und wurde immer nur von einem jungen Mann gerettet. Der letzte Traum war unglaublich. Wir hatten wieder „Pfingstochsenfest", mein Held holte sich den Pokal und wählte mich zur Königin aus, der jüngsten Königin aller Zeiten.

Als ich erwachte, glühte mein Gesicht und auf meinem Betttuch entdeckte ich einen rötlichen großen Fleck. Vor Überraschung quiekte ich laut auf und meine Mutter kam ins Zimmer gelaufen

„Ach herrje, Kleines, das Erwachsenwerden ist nicht aufzuhalten." Sie lächelte und nahm mich in die Arme. Das tat gut.

Am Samstagmorgen, eigentlich wollte ich richtig lange schlafen und einen lieblichen Traum weiterträumen, natürlich von Lässe, da weckten mich Motorradklänge und der Abgasgeruch zog durch die Fensterritzen bis in meine Nase. Blitzschnell sprang ich in die Klamotten, sauste vor die Tür und starrte auf das Motorrad und seinen Fahrer.

Das ist ja ne Wucht, Onkel Johannes, eine alte RT 125, Kickstarter, 3 Gänge, handgeschaltet. Darf ich mal drauf sitzen oder ein Stück fahren?", bestürmte ich ihn.

„Charly, lass mich doch erst einmal ankommen. Hallo erst Mal", lachte er und zog sich die Lederkappe mit Brille vom Kopf. „Woher weißt du so viel über Motorräder?"

„Das ist ihr neues Hobby", antwortete meine Mutter, jeden Groschen spart sie dafür. Mir gefällt der Gedanke gar nicht, viel zu gefährlich, so eine Karre", murmelte sie noch in sich rein und Johannes musste lachen.

„Ach lass mal Friedel, Träume müssen die jungen Leute doch haben. Und für Puppen interessiert sich deine Lütte schon ewig nicht mehr; oder Charly? Aber woher weißt du so viel?", harkte er nochmals nach.

„Einige Jungs von der Feuerwehr haben solche Maschinen. Gerd zum Beispiel, er hat eine RT 125,

1-Zylinder, 2 Taktmotor, Kickstarter, 3 Gänge und Fußrasten. Und Martin aus Burgdorf hat sogar eine RT 125/3 mit 4 Gängen. Am Wochenende schrauben die oft daran herum, auf dem Platz an unserer Feuerwache, und ich gucke dabei zu", antwortete ich stolz.

„Na, da müssen wir wohl eine Runde drehen, vielleicht bis zur Feuerwehr", sagte er und schulterte seinen großen Rucksack ab.

„Oh, super, aber ich weiß nicht, ob jetzt schon jemand am Platz ist, wir könnten…

„Ihr kommt jetzt erstmal rein, Charlotte! Du hast bestimmt noch keine Morgenwäsche gemacht, bist ja völlig aufgedreht", unterbrach uns meine Mutter energisch. „Und dann wird erst mal gefrühstückt." Sie drehte sich um und ging ins Haus, und wir folgten ihr gehorsam auf den Fuß.

„Die kann ja auch anders", bemerkte der Onkel erstaunt und blinzelte mir verschmitzt zu.

„Und ob sie das kann", konterte ich lachend.

Wie versprochen drehten wir am Nachmittag eine Runde. Am Schrauber Platz war leider von den Jungs keiner da. Dafür sahen mich genügend Leute im Dorf auf dem Motorrad mitfahren und hatten wieder etwas zum Tratschen. Eule lief uns auch über den Weg. Ihm werde ich am Montag sowieso davon berichten.

Beim Kaffeetrinken erzählte ich Johannes von den letzten Ereignissen im Dorf und merkte, dass wir uns doch ein wenig nähergekommen waren.

Am letzten Novemberwochenende war 1. Advent und samstags kamen alle Schwestern zum großen Vorweihnachtsputz. Das Wetter war ideal zum Fensterputzen und allen anderen Arbeiten ums Haus herum. Ich zwitscherte und trällerte so vor mich hin, half hier ein wenig, da ein bisschen, wollte mich ja nicht überarbeiten. Der Grund für meine gute Laune; Herr Weller hatte so ganz nebenbei erwähnt, dass Lässe nächstes Wochenende wohl ins

Dorf kommen würde. Seine Mutter war wieder zuhause und das Häuschen musste auch winterfest gemacht werden.

„Was ist denn mit Charly los, ist die vielleicht verliebt?", fragte Christel unsere Mutter und beide fingen an zu tuscheln, bis meine Mutter die Stimme etwas hob, sie ahnte wohl mal wieder, dass ich mithören könnte. Sie schüttete die Kartoffeln ab und sprach betont lauter. „Wenn ja, dann in ihr Motorrad, von dem sie seit langem träumt, und darüber bin ich gar nicht begeistert.

„Wenn ihr wüsstet", flüsterte ich vor der Küchentür, sie hatten mich nicht bemerkt, dachte ich. Christel deckte den Tisch und ich freute mich auf die Kohlrouladen, unser aller Lieblingsgericht.

Nach dem ausgiebigen Mittagsessen wurde es lebendig im Haus. Ursel bezog mit unsrer Mutter alle Betten frisch, Evi stromerte ums Haus herum, ob da noch was zu erledigen war und ich half Christel beim Abwasch in der Küche.

„Letzte Woche habe ich Lässe in Freibergen gesehen", unterbrach meine Schwester plötzlich das Schweigen und schaute mich dabei prüfend an. „Na, ja, vielleicht wollte er seine Mutter im Krankenhaus besuchen."

„Das kann nicht sein, er wohnt doch ganz wo anders und seine Mutter ist wieder zuhause", rief ich spontan aus.

„Letzte Woche war Frau Weinhold noch nicht zu Hause", ließ sie nicht locker.

„Na wenn schon, da war er eben in Freibergen, kann er doch, oder?", reagierte ich etwas patzig.

„Sicher kann er das", sprach sie vorsichtig weiter, „ich habe ihn ja gesehen und er war nicht allein."

Mein Igel rollte stürmisch unter der Haut. Ich holte tief Luft, schmiss aber nur das Geschirrtuch hin und rannte raus.

„Charly, so warte doch!", rief Christel mir hinterher, „lauf doch nicht weg, bedeutet vielleicht gar nichts." Aber ich wollte nichts mehr hören, sauste die Treppe hoch, machte vor meinem Zimmer kehrt und stieg hoch zum Boden.

Spät nachmittags schallte nochmals ihre Stimme durchs Haus und die Mädels riefen „Tschüss, Charly", wir müssen los. Ich wartete noch eine ganze Weile. Erst als meine Mutti hoch rief, dass sie sich ein wenig hinlegen würde, lief ich leise die Stufen herunter, schnappte mir meine warme Jacke und draußen etwas Luft. Mit eingezogenen Schultern marschierte ich einfach los und Dr. Korn direkt in die Arme.

„Hallo, Charlotte, wohin so eilig, es wird doch gleich finster", stoppte er mich lachend und ich bemühte mich, seinen Blick auszuweichen. „Ich komme gerade von Frau Weinhold, sie erholt sich sehr langsam", sprach er weiter, als ich keine Antwort gab. „Ich glaube, Lars kommt nächsten Samstag und schaut mal nach ihr, wird sich um einiges kümmern müssen. Alles in Ordnung bei dir?"

Nun musste ich wohl mal irgendetwas sagen, er merkte ganz sicher, dass ich was auf dem Herzen hatte, und das Zusammenzucken, als er Lässe erwähnte, hatte er sicher mitbekommen.

„Ja, ja, alles in Ordnung Doktor, ich wollte sowieso jetzt nach Hause", mogelte ich mich heraus, drehte auf dem Absatz um und lief los, hatte keine Lust über irgendetwas mit dem Doktor zu reden. Ich spürte seinen Blick in meinem Rücken und hatte wieder einmal das Gefühl, dass er mich durchschaute, genau wie Welle oder meine Mutter. Beim Abendbrot fragte sie nichts, aber ihr gütiger Blick ruhte die ganze Zeit auf mir.

In dieser Nacht fuhren meine Gedanken Karussell durch unzählige wirre, schöne, gruslige Traumfetzen und erst im Morgengrauen fiel ich platt wie eine Flunder in einen tiefen Schlaf.

„Guten Morgen meine Kleine, du hast wohl keine gute Nacht gehabt? Stehst du trotzdem auf und frühstückst mit mir?"

Die warme Stimme meiner Mutter holte mich in den Tag, das tat gut und ich drückte mein Gesicht für Sekunden in ihre zarte Hand, die mir gerade die wirren Haare aus der Stirn strich. Mit einem Satz war ich aus den Federn und schlüpfte an ihr vorbei, die Treppe runter und ins Waschzimmer.

Aus der Küche duftete es nach Kakao und frisch aufgebackenen Brötchen, da ging es mir gleich viel besser und ich verspürte einen riesigen Hunger.

„So gefällst du mir schon besser, Charlotte, möchtest du mir vielleicht etwas erzählen?"

„Alles ist gut, Mama", quetschte ich zwischen zwei Bissen hervor und zog eine lustige Grimasse.

„Na ja, dann muss ich mir ja keine Sorgen machen."

Sie schmunzelte dabei, aber die hochgezogenen Augenbrauen sagten was anderes. „Räumst du dann den Tisch ab, ich muss mal schnell zu Frau Biberbach, sie ist gestern gestürzt und braucht vielleicht Hilfe. Du könntest ja inzwischen Kartoffeln schälen, die Mädels kommen auch zum Essen, der Gulasch und Rotkohl sind schon fertig

Die Haustür fiel zu und ich räumte schnell den Tisch ab, holte die Kartoffeln aus der Waschküche, zählte sie ab, 4 Stück pro Kopf und schälte sie in Windeseile. Ob ich es wollte oder nicht, es schlichen sich schon wieder Christels Worte in meinen Kopf und tanzten hin und her. Ich schnappte mir in meinem Zimmer ein Buch, legte es nach einer Weile wieder weg, schnappte mir das Fernglas und trottete hoch zum Dachboden, meinem Rückzugsort. Eine Ewigkeit starrte ich hinüber zum Bunker und dem Wäldchen. Es rührte sich nichts, Gott sei Dank rührte sich nichts. Die Zieckler Brüder hatten inzwischen zugegeben, dass sie dem Forstgehilfen eins übergezogen hatten und waren bis zur Verhandlung wieder auf freiem Fuß. Sie werden wohl noch mal mit Bewährung davonkommen, zumindest der eine, meinte unser Sheriff. Der der zugeschlagen hatte, könnte sogar wegen vorsätzlicher Körperverletzung in den Knast kommen, der alte Zieckler saß ja noch ein.

Im Dorf war es sehr ruhig geworden, wenn man den normalen Klatsch und Tratsch nicht dazu rechnete. Aber wenn es am Stammtisch im „Eulenwirt" mal hoch her ging, oder die Frauen, ob alt oder jung, die Köpfe beim Einkaufen zusammensteckten, war wieder etwas im Busch. In der Schule berichtete mir Eule, was er so aufgefangen hatte in der Wirtschaft. In unserer Freizeit trafen wir uns eh seltener und die Mädchen hatten sich ganz abgesetzt. Das lag vor allem an Babsi, die war gar nicht wieder zu erkennen und Leni hatte sie fest an sich gekettet, warum auch immer. Aber Leni war ihr immer schon hörig, worüber ich mich ab und zu schon mächtig geärgert hatte. Manchmal dachte ich, Babsi erkauft oder erschleicht sich diese Freundschaft, denn ich hatte an

Leni schon beobachtet, dass sie Klamotten oder andere Dinge mit sich rumschleppte, die Babsi vorher besessen hatte, aber glücklich sah sie dabei auch nicht aus. Und vor ein paar Tagen belauschte ich rein zufällig ein Gespräch zwischen unserer Nachbarin Frau Ewers und deren Nachbarin ein Haus weiter. Rein zufällig war das. Ich wollte unser Haus verlassen, hörte die beiden ziemlich laut quatschen und ließ unsere Tür einfach zu, bis sie in ihre Häuser verschwunden waren.

Im Gespräch ging es genau um Babsis Familie, vor allem ihren Vater. Der kam auch an den Wochenenden nicht mehr ins Dorf und es war von Scheidung die Rede. Babsis Mutter wollte es irgendwie gut machen und überhäufte ihre Tochter mit allem, was die sich wünschte, daher wohl der Größenwahn. Wir waren wohl der Dame nicht mehr gut genug, und Leni behandelte sie wie ihr Eigentum. Selbst schuld, wenn die sich das gefallen ließ, soll sie damit glücklich werden.

Der Frau Baumann, Babsis Mutter, merkte man gar nichts an, sie kam wohl damit zurecht. Aufgetakelt stolzierte sie durchs Dorf, lächelte nur erhaben über die Tratscherei und sonntags besuchte sie mit erhobenem Haupt den Gottesdienst. Warum auch nicht, sollte doch jeder vor seiner Tür kehren, dachte ich, und wunderte mich nur etwas, dass Herr Bröckelmann, Gemeinderatsmitglied und verantwortlich für Sport und Kultur, sehr oft bei Babsi ein und aus ging. Na, wer weiß, vielleicht alles dienstlich, denn seit kurzem hatte Frau Baumann die Bibliothek im Gemeindehaus übernommen, sie musste wohl wieder arbeiten, war ja klar, wenn der Haupternährer plötzlich weg war. Das blieb im Dorf auch nicht verborgen und man zerriss sich die Mäuler darüber. Ich könnte mal die Kräuter Ruth fragen, oder besser noch meine Mutter. Die kannte auch jeden im Dorf und wusste über vieles Bescheid. Trotzdem hatte ich sie noch nie gesehen, dass sie mit anderen Frauen die Köpfe zusammensteckte und tuschelte. Einmal sagte sie zu mir, „Urteile nur über andere, wenn du sie verstehst, und prüfe deine Wege, die du selber gehst." Seitdem versuchte ich gar nicht mehr, sie über andere Leute auszufragen. Aber ich zog daraus meine Schlüsse und eins leuchtete mir ein; das alles hatte was mit Babsis Veränderung zu tun.

„Charly, wo steckst du denn", schallte es bis auf den Boden hoch, „das Essen steht auf dem Tisch!"

Oh, ich hatte ganz die Zeit vergessen und schon im Treppenhaus kam mir der herrliche Duft von Rotkohl und Muttis Spezialgulasch entgegen und mein Magen fing an zu knurren. Keiner konnte ihn so kochen wie sie. Lustiges Durcheinandergequatsche empfing mich in der Küche und nur Christel warf einen fragenden, oder besser prüfenden Blick in mein Gesicht. Aber ich übersah ihn absichtlich und warf ein paar witzige Bemerkungen in die Runde, bis nur noch Tellergeklapper und lautes „hmmm, lecker, lecker" zu hören war.

Nach dem Essen ruhte sich unsre Mutter ein wenig in ihrem Zimmer aus. Evi und ich holten einen großen Karton mit Adventsschmuck vom Boden herunter und dekorierten damit Wohnzimmer und den Hausflur. Ursel und Christel brachten die Küche auf Hochglanz und deckten dann den Kaffeetisch. Unsere Mutter freute sich und die Großen hatten viel zu erzählen über ihre Arbeit, und was sie sonst noch so die Woche über machten. Später wurde Evi abgeholt und die anderen wollten auch zum Bus. Beim Verabschieden sah mich Christel merkwürdig an und wollte gerade etwas sagen. Aus dem Augenwinkel heraus bemerkte ich einen warnenden Blick meiner Mutter, und so nahm sie mich nur kurz in den Arm und weg waren sie. Mutti zog sich den Mantel über und begleitete die beiden zum Bus. Das war mir ganz recht und ich verzog mich schnell auf mein Zimmer, konnte meiner Mutter erst mal aus dem Weg gehen.

Die Woche schlich furchtbar langsam dahin. Das erste Mal, solange ich denken konnte, hatte ich das Gefühl, der große Uhrzeiger brauchten doppelt so lange bis er von 12 wieder auf 12 stand, wie gesagt, es war nur ein Gefühl. Eigentlich vergingen mir ein Tag, eine Woche oder ein Jahr immer viel zu schnell. Doch diesmal war es mir recht so, ich konnte die ständig nervenden Gedanken an Lässe und seinem Besuch im Dorf vor mir herschieben. Es ließ sich aber nicht aufhalten und mein Igel unter der Haut fing schon Freitagabend an zu rollen. Meine Mutter merkte mir das schon beim Abendbrot an, sagte aber nichts. Erst zum Frühstück, versuchte sie, mich mit allen Tricks abzulenken, ich musste richtig schmunzeln darüber.

„Hör mal Charlotte, würdest du mich heute ins Dorf begleiten? Ich muss einige Leute besuchen und für die Frau Biberbach, muss ich Wochenendeinkauf erledigen, du weißt schon, die alte Dame, die vor einer Woche gestürzt war", redete und redete sie ununterbrochen auf mich ein und beobachtete mich dabei heimlich. „Hast du genug gefrühstückt, es könnte länger dauern. Aber wir haben noch Gemüseeintopf von gestern über, den brauchen wir nur aufwärmen.

Das kam mir alles sehr verdächtig vor, eine Plaudertasche war meine Mutti eigentlich nicht und das feine Lächeln in ihren Augen entging mir auch nicht. Ich sauste in der Küche hin und her, stellte jede Tasse und jeden Teller einzeln in den Schrank und mir wurde mulmig, ich geriet in die Zwickmühle, wollte sie nicht enttäuschen, brauchte aber auch Gewissheit

„Oh, Mama, ich wollte eigentlich…, aber wenn du mich brauchst, dann…", stotterte ich los und sah sie zerknirscht an. Da lachte sie, so herzlich wie eben nur meine Mutter lachen konnte und nahm mich in den Arm.

„Aber Kleines, das ist doch nicht schlimm, dann gehst du eben das nächste Mal wieder mit. Ich habe genug Zeit, auch einen kleinen Handwagen, ich schaffe das schon."

Mir fiel ein Stein vom Herzen. Sie nahm ihre Jacke, einen großen geflochtenen Tragekorb und ich holte inzwischen unseren Handwagen aus dem Schuppen und schickte ihr noch zig Handküsschen hinterher. Aber wenn ich da schon gewusst hätte, was mich zwei Stunden später erwarten würde, wäre ich ihr wohl schreiend hinterhergelaufen.

So rein zufällig schlenderte ich kurz vor 12 von zuhause los und steuerte auf unseren „Kreißl" zu. Betont gelangweilt schaute ich umher, verfolgte die kleinen Streitereien zwischen Biene und Sprosse, nichts ernstes, Kinderkram eben und behielt dabei unsere Dorfstraße im Blick. Und da kam er schon, der Bus aus der Kreisstadt. Dreimal am Tag fuhr er nur und hier war Endstation, danach

105

ging es über die Dörfer gleich zurück in die Stadt. Das junge Gemüse hatte sich verzogen, im "Eulenwirt" war Kinovorstellung.

Schon bevor der Bus stand, sah ich ihn an der Tür stehen und er war nicht allein. Natürlich waren noch andere Leute im Bus, aber eine Frau stand ganz dicht bei ihm und sie unterhielten sich. Er musste mich wohl auch entdeckt haben, hatte mir mal erzählt, dass er immer als erstes auf seinen Stammsitz guckte, wenn er mit dem Bus aus der Stadt kam. Und dann war ich mir ganz sicher, denn nach dem Aussteigen steuerte er nicht in Richtung Siedlung, sondern kam direkt auf mich zu, mit einem sehr hübschen Mädchen an der Hand.

Ich hatte mir so fest vorgenommen locker und unbeteiligt zu bleiben, wenn er wirklich nicht allein war, es gelang mir nicht. Unsichtbare Kräfte drückten mich an die Rückenlehne und meine Hände umklammerten unlösbar die Seitenlehnen. Dabei zog ein tiefer Schmerz durch mich hindurch und nahm mir fast die Luft.

„Hallo Charly, hörte ich seine freudig überraschte Stimme durch einen dichten Nebel, „dass ist aber schön dich zu sehen, da kann ich dir gleich meine Freundin Jenny vorstellen."

Er wollte meine Hand packen, aber ich rührte mich nicht. Und auch die hübsche Brünette streckte mir ihre schmale Hand entgegen. Aber meine Finger klebten am Holz. Lässe schaute mich ganz erstaunt an, er verstand das gar nicht. Seine Freundin zog ihren Arm zurück, strich die unendlich langen Haare nach hinten. Sie hatte die Lage sofort erkannt, drehte sich um, griff nach seinem Arm und zerrte ihn regelrecht hinter sich her.

„Lass uns gehen!"

„Was war das denn?", reagierte Lässe überrascht, warf einen ratlosen Blick zurück und folgte ihr.

„Du begreifst es wohl nicht, die Kleine ist total in dich verknallt", klärte Jenny ihm mit verhaltener Stimme auf. Und obwohl sie sehr leise gesprochen hatte, erreichten mich genau diese Worte und drangen wie eine giftige Spinne in meinen Kopf.

Ich blieb noch eine Ewigkeit wie erstarrt hocken, kletterte dann mit steifen Knochen herunter und rannte zum Wäldchen. Vor dem Bunker, der immer noch mit Brettern und rot/weißen Bändern abgesperrt war, tobte ich, trat um mich und schrie meinen Schmerz heraus. Dann hockte ich mich hin und die Tränen flossen in Strömen über mein Gesicht. Erst als mir die Kälte in die Knochen fuhr, lief ich nach Hause, stürmte auf mein Zimmer und schmiss mich aufs Bett.

Meine Mutter fragte nichts, brachte mir heißen Tee und Kuchen, den ich gar nicht anrührte, dann zog sie mir ganz sanft die Sachen aus und deckte mich zu. Ich schlief sofort ein und in meinem Traum jagten eiskalte Schneestürme und glühend heiße Feuerräder im Wechsel durch meinen Körper. Leise Stimmen weckten mich und ich sah wieder einmal in Doktor Korns Gesicht.

„Was ist los?", fragte ich erschrocken und richtete mich ruckartig auf.

„Deine Mutter hat mich gerufen, sie hat sich wieder einmal Sorgen gemacht. Es ist jetzt Sonntag der 2. Advent neun Uhr und du hast seit gestern Nachmittag durchgeschlafen, nichts gegessen, nichts getrunken. Wie geht es dir jetzt?", fragte er und horchte in mich rein.

„Gut, ganz gut, denke ich. Aber jetzt habe ich Hunger."

„Ich habe es doch gewusst, dagegen ist kein Kraut gewachsen, braucht einfach nur Zeit."

Ein breites Grinsen verwischte die zahlreichen Fältchen in seinem Gesicht und er folgte meiner Mutter zur Tür. Sie sprachen noch ein paar Worte zusammen, die ich aber nicht verstehen konnte. Ich überlegte eine Weile; was war eigentlich passiert, was hatte er gemeint mit: dagegen ist kein Kraut gewachsen.

Und da fiel mir mein ganzes Dilemma wieder ein. Doch es tat nicht mehr so weh. Aber sehen wollte ich Lässe nie wieder. Nach so viel Schlaf war ich jetzt hellwach und drehte nach dem Frühstück ein paar Runden durchs Dorf.

In der Weihnachtszeit war alles sehr ruhig und friedlich und zu Heiligabend konnte man denken, es wohne hier überhaupt keiner. Menschenleer war es dann auf der Hauptstraße und den Wegen, die fast alle mitten im Dorf am "Kreißl" endeten, auf dem ein riesiger geschmückter Tannenbaum stand. Aber auch die kleinen Siedlungshäuser rund um den Platz waren weihnachtlich geschmückt und verdeckten somit alte Schäden, die noch vom 2. Weltkrieg stammten und selbst nach 20 Jahren noch nicht beseitigt waren. Wie auch, die wenigsten hatten das Geld dafür und oft lebten Mütter mit ihren Kindern allein, die noch kein Geld genug verdienten. Die Kräuter Ruth erzählte mir oft darüber, auch das sehr viele Männer aus dem Dorf vom Krieg nicht zurückgekommen waren. Dann fragte ich meine Mutter mal danach, die erzählte es mir auch so. Dann überlegte sie eine Weile und lächelte fein.

"Dein Vater hatte Glück im Unglück", sagte sie, „kurz nach seinem letzten Heimurlaub wurde er verletzt und lag deshalb bei Kriegsende im Lazarett, Gott sei Dank, sonst würde es dich gar nicht geben, Christel und Evelin auch nicht, Ursula war schon unterwegs", beendete sie mit einem herzhaften Lachen den kleinen Vortrag.

Ich musste wohl sehr dumm geguckt haben, da erklärte sie mir alles noch einmal .Und trotzdem kannte ich meinen Vater nicht. Zuhause wurde kaum darüber gesprochen, meine Schwestern waren ja auch noch klein, als er den schweren Unfall im Wald hatte und unsere Mutter lächelte nur still. Einmal fragte ich aber die Kräuter Ruth nach ihm. Sie lebte schon immer hier und kannte wohl alle im Dorf. Wie alt wird die eigentlich sein, das muss ich sie auch mal fragen. Über meinem Vater sagte sie nur, „er war ein sehr stolzer und strenger Mann, deine Mutter hatte es nicht leicht mit ihm, aber sie ist eine starke und tapfere Frau." Dabei strich sie mir über die Haare und setzte lachend hinzu, „wenn du jetzt noch wissen willst, warum sie allein geblieben ist, kann ich nur sagen, im Dorf gab es niemanden, der eine Frau mit vier kleinen Kindern genommen hätte und sie hatte bestimmt mit euch genug zu tun und keine Zeit, sich jemanden zu suchen."

Das leuchtete mir bei dem Gespräch damals alles ein und ich gab mich zufrieden damit. Aber jetzt musste ich hurtig zurück, hatte meiner Mutter versprochen, sie ins Dorf zu begleiten.

„Charlotte", empfing sie mich schon ungeduldig, „wo bleibst du denn, ich wollte vor dem Mittag bei Frau Weihnhold sein, habe ihr eine Hühnersuppe gekocht."

Den Suppentopf schon in den Korb gepackt stand sie an der Tür und bemerkte meine Unentschlossenheit.

„Ah, deshalb, nein, nein, Lässe wirst du dort nicht begegnen. Ruth hat mir ausgerichtet, dass er schon gestern Abend wieder zurückgefahren ist. Deshalb will ich ihr doch die Suppe bringen, nächste Woche wechsle ich mich mit den anderen Frauen ab, bis es Frau Weihnhold wieder besser geht", klärte sie mich auf und ein feines Lächeln zog über ihr Gesicht dabei.

Der Schlüssel lag wie immer unter der Matte vor ihrem Häuschen und wir brauchten nicht läuten.

Zu Weihnachten wird Lässe sie sicher wieder besuchen, aber da werde ich nicht hier sein, ging mir so durch den Kopf. Den wollte ich bestimmt dieses Jahr nicht mehr sehen, dafür saß der Stachel viel zu tief, den gestrigen Tag werde ich wohl nicht so schnell vergessen.

Meine Mutter ging in die kleine Küche und wärmte die Suppe etwas auf. Ich schaute schon mal leise ins Wohnzimmer nach Frau Weinhold. Sie war sehr schmal geworden und saß, furchtbar blass, dick eingewickelt in einer warmen Decke, mit geschlossenen Augen, neben dem Kachelofen. Doch sie spürte, dass jemand neben ihr stand, öffnete die Augen und lächelte mich zaghaft an.

„Ach Charlotte, wie schön, komm setz dich ein wenig zu mir. Heute möchte ich dir mal etwas anvertrauen. Lars hat mir alles erzählt und es tut ihm sehr leid, dass es dir gar nicht gut geht. Und mir tut es auch leid. Weißt du, er hat dich nämlich unheimlich gern, aber eben wie eine gute Freundin, du bist ja noch so jung, oder wie eine Schwester, die er nie hatte. Vielleicht wäre dann

110

alles anders gekommen. Er kann ja auch nichts dafür, dass er seinen Vater so früh verloren hat."

„Ist alles gut, Frau Weinhold", unterbrach ich sie schnell, war aber ganz schön gerührt von ihrer Verteidigungsrede zu Gunsten von Lässe. „Wir werden uns bestimmt wieder vertragen und zu allem Glück habe ich ja drei große Schwester.

„Die du manchmal ganz schön ärgerst", warf meine Mutter lachend dazwischen.

„Oder die mich nerven", gab ich sofort kontra und da mussten wir alle drei lachen.

Wir blieben noch ein halbes Stündchen bei ihr, bis sie die Suppe aufgegessen hatte.

„Die Ruth schaut heute Abend noch einmal nach ihnen, Frau Weinhold" sagte meine Mutter mit ihrer sanften Stimme, schüttelte dabei die Kissen auf und strich ihr über die Stirn. Da fielen ihr schon die Augen zu. Sie war sehr schwach, konnte beim Essen kaum den Löffel halten, das machte mich ganz schön traurig.

Kurz vor Weihnachten musste Lässes Mutter wieder ins Krankenhaus und in der zweiten Januar Woche verstarb sie dann an einer Lungenembolie. Die Kräuter Ruth erklärte mir mal, was das eigentlich war. Das wünschte man niemanden. Die Gemeinde kümmerte sich um die Beerdigung. Da sah ich Lässe das erste Mal wieder. Es versetzte mir noch einmal einen tiefen Stich. Aber dann erinnerte ich mich an die Worte seiner Mutter und er tat mir nur noch leid. Schmal war er geworden, und so blass und traurig, wie er ausschaute, hätte ich ihn am liebsten umarmt. Aber das traute ich mich nicht. Außerdem war er mit einem Betreuer gekommen, der ihm bei der Beerdigung beistand und am selben Tag mit zurücknahm.

Doch von Herrn Weller wusste ich inzwischen, dass Lässe im Frühjahr für ein paar Tage kommen würde. Er wollte im Haus anfangen zu räumen und einiges mit der Gemeinde klären.

Der Februar setzte uns ganz schön zu. Aber das kannten wir ja. Unmassen Schnee fiel vom Himmel, zur Freude der Kinder, weniger Begeisterung bei den Erwachsenen, die mussten sich ja auch jeden Morgen den Weg freischaufeln. Es hat alles seine Zeit, dachte ich so und half meiner Mutter früh natürlich mit, ich musste zur Schule und sie ins Dorf.

Doch Anfang März leckten schon kräftige Sonnenstrahlen gierig die letzten Schneereste weg und es schimmerte zartes Grün hervor, begleitet von den ersten Krokussen. Da hielt mich nichts mehr im Haus. Aber nicht nur deshalb, denn seit gestern rollte mein Igel wie dolle unter der Haut.

Nach dem Frühstück griff ich mir mein Fernglas, hockte mich an meine Luke und schaute zum Wäldchen. Meine Ahnung hatte mich nicht getäuscht, auf dem großen Stein neben unserem Bunker hockte jemand und ich wusste auch wer.

„Ich gehe ein bisschen raus, oder brauchst du mich jetzt", rief ich meiner Mutter zu, die in der guten Stube herumkramte. Kurz überlegte ich, ob ich es ihr sagen sollte, aber das konnte ich auch danach machen.

„Es ist gut Charlotte. Pass bitte auf dich auf und sei zum Mittag wieder hier. Christel kommt gleich und schneidet mir die Haare. Danach bist du dran, Du hast es doch nicht vergessen?"

Hatte ich vergessen! Und eigentlich war es auch noch nicht nötig, dachte ich, die waren dann immer so kurz und ich musste mir die Lästereien in der Schule anhören; he, siehst ja aus wie ein Junge...und so. Bis vor ein paar Monaten hatte mich das nie gestört, aber jetzt...ich weiß auch nicht, irgendwie mochte ich es nicht mehr. Ich muss es einfach meiner Schwester sagen, punkt um!

„Hast du das gehört, Charlotte?"

„Ja, Mama, ich habe es nicht vergessen", mogelte ich ein wenig, schnappte mir meine warme Winterjacke und schlüpfte zur Haustür raus. Wohin ich lief, war ja klar.

Er sah mich kommen und rührte sich nicht vom Fleck. Mein Igel rollte jetzt sanft und ich kämpfte gegen die alten Gefühle an. Ich setzte mich auf eine dicke Wurzel, die so zwei Meter entfernt von ihm aus dem Boden ragte, und wartete, aber er blieb in sich versunken und starrte nur auf das Moos unter seinen Füßen.

„He, es tut mir sehr leid wegen deiner Mutter."

„Danke, glaube ich dir. Und danke, dass du sie öfters mal besucht hast, sie hat es mir immer erzählt, wenn ich mal da war. Jetzt hat sie ihre Ruhe und muss sich nicht mehr über mich grämen."

Mit einem Stöckchen kratzte er verbissen im Moos herum, schmiss es dann im hohen Bogen weg, hob den Kopf und schaute mir direkt in die Augen. Die Traurigkeit in seinem Blick wühlte mich ganz schön auf und für einen Moment hatte ich das Gesicht seiner Mutter vor Augen, so wie ich sie das letzte Mal gesehen hatte und ich erinnerte mich an ihre Worte und auch daran, dass sie sich nie über ihn beschwert hatte,

„Sag so etwas nicht, sie hat dich sehr geliebt und stets vermisst.

„Ich weiß, aber gerade deshalb. Ich verletze immer die Menschen, die ich am meisten liebe oder mag."

Da wusste ich nichts drauf zu antworten. Ich stand auf, lief etwas hin und her und suchte den Boden ab.

„Suchst du das etwa?", er lachte plötzlich auf und hielt mir die rechte Faust hin.

„Was meinst du, zum Teufel, zeig her", drängelte ich. Langsam öffnete er die Faust und ich sah meinen Holzigel auf der Handfläche liegen.

„Wo hast du den her?"

„Ja weißt du nicht mehr, wo hast du ihn denn verloren?" An dem Tag..."

„Halt, halt, halt!", fiel ich ihm ins Wort und klopfte mir an die Stirn. „Du hast mich…"

„Genau, an dem gewissen Tag bin ich dir gefolgt. Ich hatte das alles nicht verstanden und mir Sorgen gemacht. Du warst völlig von der Rolle, hast getobt, um dich getreten und irgendetwas weggeschmissen. Ich wusste nicht, wie ich mich verhalten sollte. Erst als du nach Hause gelaufen bist, habe ich den Boden abgesucht."

„Und Jenny, was hat die dazu gesagt?"

„Na ja, begeistert war sie von der Aktion nicht, und eigentlich war sie auch bei meiner Mutter überfordert, sie ist nur mir zum Gefallen mitgekommen, aber…ist ja auch egal. Wir sind nicht mehr zusammen, wenn du das wissen wolltest." Er grinste dabei unverschämt, doch ehe ich reagieren konnte, sprach er einfach weiter. „Ich war ihr zu schwierig, du hast ja Komplexe, sagte sie immer. Jetzt ist sie mit einem zusammen, der ist ziemlich neu im Haus."

Plötzlich hielt er mich am Arm fest und schaute mich richtig ernst an. Da bemerkte ich zum ersten Mal, dass er wunderschöne grüne Augen hatte.

„Eigentlich hatte ich eine wirkliche Freundin, und die möchte ich gern wieder haben. Was meinst du, bekommen wir das wieder hin?", fragte er ziemlich verlegen und drückte mir meinen Talisman in die Hand. Ich steckte ihn schnell in die Jackentasche und nickte nur, brachte kein Wort hervor, so überrumpelt wie ich war und überlegte verzweifelt.

„Hilfe, ich muss nach Hause, sonst reißt mir Christel den Kopf ab, die will mir Haare schneiden", rettete ich mich aus der Situation.

„Na dann aber los!" Er lachte leise, als er meinen Gesichtsausdruck sah, „ohne Kopf geht keine Haare schneiden. Und ich muss auch los. Der Bauer Grote steht gleich mit Pferd und Wagen bei mir, habe schon eine Menge entrümpelt und er fährt es mit mir zur Kippe. Zu Ostern bin ich etwas länger da, sehen wir uns dann?"

Unbeholfen wie ein großer Junge stand er dicht vor mir, überragte mich um Kopflängen und für einen winzig kleinen Augenblick befürchtete ich, er wolle mich umarmen. Schnell trat ich einen Schritt zurück, das ging gar nicht, das konnte ich nicht zulassen, obwohl…nein und nochmals nein, ich bin nicht seine kleine Schwester, verdammt.

„Denke schon, warum nicht", rief ich viel zu laut und hob die Hand. „Dann mal Tschüss, bis bald."

Am nächsten Morgen tigerte Eule vor unserem Häuschen hin und her, ich hatte ihn schon längst entdeckt, aber ich ließ ihn zappeln, wir waren nicht verabredet. Ich wollte sowieso gerade zur Bäckerei Berthold.

„Hallo Charly, da bist du ja endlich, wollte gerade läuten", empfing er mich knurrig.

„Was gibt es Eule, hab jetzt keine Zeit, ich muss zum Bäcker."

„Ich soll dir doch alle Neuigkeiten erzählen, dann eben nicht!", krähte er hinter mir her und blieb stehen.

„Nun sei doch nicht gleich eingeschnappt, kannst ja mitkommen", lenkte ich ein und wartete bis er heran war. „Nun erzähl schon, wir müssen aber dabei weitergehen."

„Weißt du, wer gestern Abend bei uns in der Wirtschaft war?", flüsterte er mir zu und versuchte Schritt zu halten.

„Du kannst ruhig laut reden, wir laufen hier ganz allein. Ich schubste ihn an und lachte. „Keine Ahnung, du wirst es mir gleich sagen."

„Na wer schon – Lässe!", triumphierte er, wieder völlig in seinem Element, „und weißt du mit wem er da war? Na, mit Weller unserem Sheriff, aber der war nur so mit, nichts Schlimmes, denke ich, als Gast oder so…" Er verhaspelte sich vor Aufregung und brachte mich erneut zum Lachen.

„Ach ehrlich, hast du vielleicht mitbekommen, worüber die geredet haben?", spielte ich die völlig Überraschte und verschwieg mein Treffen mit Lässe.

„Habe nicht viel mitbekommen, nur so halbe Sätze", flüsterte er schon wieder, „ich konnte mich ja nicht daneben setzen, oder?"

„Warum nicht?", fragte ich laut und blieb todernst dabei.

„Du erst", grollte er, merkte endlich, dass ich ihn veralberte. Aber mit seinen Neuigkeiten wollte er prahlen und plapperte drauf los. „Lässe kommt nicht zurück, er muss in dem Kaff bleiben, in einer Wohngruppe. Aber Welle will ihm eine Lehrstelle besorgen, als KfZ Mechaniker, als Schrauber, wenn du verstehst."

„Na klar verstehe ich das. Vielleicht kommt er zu Ostern, da werde ich ihn danach fragen. Du weißt ja, dass ich mich für Motorräder interessiere. Das ist gut für Lässe."

„Fragst du ihn wirklich, ich denke du redest nie mehr mit ihm." Er tanzte vor mir herum und grinste wie ein Honigkuchen.

„Wie kommst du denn darauf?" Ich blieb kurz stehen und runzelte meine Stirn.

„Na ja, ist auch egal", druckste er herum, „habe es bei den Mädels aufgefangen, die hatten es irgendwo gehört."

„Ach ne, was die so alles wissen. Jetzt muss ich aber Brötchen holen. Tschüss Eule und Danke."

Wenn der wüsste, dass ich das alles schon wusste, oha, dann wäre er wohl sauer auf mich. Bei dem Gedanken rollten sich diesmal meine Lachmuskeln und ich lief gut gelaunt nach Hause.

Wie so oft wartete meine Mutter schon auf mich, konnte ich auch nicht ändern, ich bummelte ja nicht mit Absicht herum.

„Wo bleibst du denn? Ich warte auf frische Semmeln."

„Entschuldige Mama, Eule ist mir über den Weg gelaufen und musste mir unbedingt etwas erzählen. Das wusste ich zwar alles schon, ich wollte ihm aber nicht vor den Kopf stoßen, sei bitte nicht böse."

„So, so, erzählen, du hast mir auch noch nichts von gestern erzählt, kann das sein, dass du jemanden getroffen hast? Nun los, ich merke doch, dass es dir heute gut geht."

So wie sie mich anschaute, konnte ich gar nicht anders. Ich berichtete ihr, wie ich Lässe entdeckt hatte, dann von unserer Begegnung am Bunker und dass wir uns wieder vertragen hätten.

„Schön, das freut mich für euch, eigentlich ist es ein netter junger Mann und leicht hat er es im Moment bestimmt auch nicht. Sag mal, willst du ihn am Ostersonntag nicht zu uns einladen? Die Mädels kommen alle, würden sich auch freuen, denke ich."

„Wenn du meinst", zierte ich mich mit zweifelnder Miene, und dabei hüpfte mein Herz vor Freude. An ihrem schelmischen Blick erkannte ich aber sofort, dass sie mich längst durchschaut hatte, wieder einmal.

„Okay, ich werde ihn fragen."

Am Ostersamstag schnappte ich mir gleich nach dem Frühstück das Radel und fuhr erst einmal zur Festwiese. Dort stapelten die Feuerwehrleute aus den drei Dörfern jede Menge Holz auf, die Bauern aus der Umgegend und ein paar Forstarbeiter schafften es von allen Seiten heran. Eule musste auch mal wieder ran, er half seinem Vater den Bierstand aufzubauen. Das Sani Zelt stand schon und eine kleine Tanzfläche aus Brettern war vorbereitet

Heute hatte ich aber keine Zeit zu helfen, auch Eule nicht. Also verdrückte ich mich, ehe er mich entdecken konnte und radelte zurück zum „Kreißl", natürlich wieder einmal viel zu früh. Der erste Bus aus der Stadt kam erst in einer halben Stunde, stellte ich fest, als ich auf die Taschenuhr meines Vaters schaute. Die hatte mir meine Mutter als Andenken vermacht und die Schwestern hatten nichts dagegen, keine würde wohl eine alte Taschenuhr an der Gürtelschnalle mit sich herumschleppen.

Ich versteckte mein Fahrrad hinter einem Baum, musste ja nicht jeder mitbekommen. Mein Fernglas hatte ich natürlich auch dabei und schaute von Lässes Lieblingssitz, der auch meiner war, in die Runde. Alles konnte ich genau sehen, die ganze Dorfstraße hinunter, an der sich die Siedlungshäuser reihten

Gegenüber meines Spähpostens machte sich der „Eulenwirt" breit und etwas dahinter ragte unsere kleine Kirche hervor. Zwei Häuser weiter stand die „Alte Apotheke", die hieß tatsächlich so. Herr Hinrich hatte sie von seinem Vater, und der wiederum von seinem Vater übernommen.

Das wusste ich alles von der Kräuter Ruth, auf die er nicht gut zu sprechen war. Genau in der Kurve entdeckte ich die Bäckerei Berthold, gegenüber die Metzgerei. Da waren seit kurzem neue Leute drin und im Dorf stritt man sich darüber, ob der junge Metzgermeister besser oder schlechter sei als der alte. Einkaufen mussten sie trotzdem dort, denn Herr Himmelmann hatte sie ruck zuck an die Gemeinde verkauft, musste er von wegen der Gesundheit. Die haben einen Konsum daraus gemacht und einen Filialleiter reingesetzt.

Plötzlich hatte ich den Bus vor der Linse. Ich rutschte schnell vom Sitz herunter und blieb bei meinem Fahrrad in Deckung. Einige junge Leute stiegen aus und mein Herz schlug etwas schneller. Was wenn er wieder jemanden; ach Quatsch, wo soll er die so schnell herhaben, kreisten meine Gedanken und beruhigten sich erst, als er schnurstracks und allein den Weg zu seinem Häuschen einschlug. Jetzt musste ich aber in die Pedale treten, um ihn noch davor zu erwischen, rein zufällig natürlich.

„Hi Lässe", rief ich ein wenig außer Atem und legte eine Vollbremsung hin, dass ich genau neben ihm zum Stehen kam. Mir entging nicht das kurze Aufblitzen in seinen Augen.

„Da schau, Charly, drehst du eine Frühsportrunde, finde ich gut." Er grinste dabei und verkniff sich einen weiteren Kommentar.

Mir war klar, dass er mich durchschaute und dass ihm klar war, dass ich keinen Frühsport machte und nicht rein zufällig seinen Weg kreuzte

„Na, ja,", ich grinste zurück, „ich habe schon gehofft, dass ich dich abfangen kann. Meine Mutter möchte dich gern morgen Mittag zum Essen einladen, was hältst du davon, hast du Bock drauf?"

„Meinst du, deine Mutter, deine Schwestern, die wollen mich dabeihaben, ehrlich…?"

„Na klar, du Depp, würde ich dir sonst hinterher radeln und dich fragen? Nun sag schon, willst du oder…"

„Tja, wenn du dir solche Mühe deswegen gibst…", er verzögerte absichtlich und grinste dabei. „Ich komme gern, wann?"

„Um eins essen wir immer, passt das."

„Passt schon, ich denke, da habe ich ausgeschlafen", gluckste er vergnügt, "heute Abend bin ich bei den Wellers eingeladen, kleine Osterüberraschung, sagte seine Frau, kleines Arbeitsessen meint der Sheriff, kennst ihn ja."

„Den kenne ich allzu gut, sei froh, dass du ihn hast."

„Bin ich auch", platzte er lachend heraus, aber seine Augen blieben ernst. „Ich muss jetzt los, habe ne Menge zu tun."

„Klar, grüß die Wellers von mir, bis morgen."

Lässe war pünktlich. Meine Schwestern gackerten wie die Hühner und fragten ihn regelrecht ein Loch in den Bauch, was er so mache, wo er stecke und so weiter.

Ich merkte schnell, dass er sich dabei nicht wohl fühlte, kannte ihn ja ein bisschen und befürchtete schon, dass er am liebsten abgehauen wäre. Aber meine Mutter rettete wie immer die Situation.

„Nun lasst doch den Jungen erst mal in Ruhe essen, ihr Schnatterenten. Sonst wisst ihr allesamt nicht, was es eigentlich gab und meine Mühe war umsonst", sagte sie lachend, aber mit Nachdruck. Da wurde er doch etwas lockerer, erzählte einiges von sich und dass die Wellers ihn gestern eingeladen hatten und Herr Weller ihm eine Lehrstelle besorgen wollte.

„Was hast du denn mit dem Häuschen vor, kommst du denn nach Beeshain zurück?" Christel konnte sich wieder einmal nicht bremsen und streifte mich mit einem Seitenblick.

„Das weiß ich noch nicht. Eigentlich hält mich hier nicht viel." Jetzt streifte mich Lässe mit einem kurzen Blick und schaute dann zum Fenster hinaus. In unserer guten Stube wurde es schlagartig still und die lockere Stimmung war wie weggeblasen.

„Leute, Leute, ich muss ja los", sprang Christel hektisch auf und begann den Tisch abzuräumen. Sie ärgerte sich bestimmt selbst, dass sie den Mund nicht halten konnte.

„Ich dachte, du kommst mit zum Osterfeuer", rief Ursel ihr in die Küche nach.

„Ne, das tue ich mir nicht an, und du Evi?" fragte Christel zurück und steckte den Kopf wieder zur Tür herein.

„Ich weiß es noch nicht, kommt darauf an, was Mutti meint", zwitscherte Evi und schaute zu uns rüber.

„Um uns müsst ihr euch nicht kümmern, nicht wahr Charlotte? Dann gehen wir allein zum Osterfeuer."

„Aber klar Mama, das machen wir und allein sind wir bestimmt nicht, treffen garantiert eine Menge Leute", rief ich fröhlich und verfolgte Lässe mit Blicken, der sich gerade bei meiner Mutter bedankte und verabschieden wollte. An der Tür drehte er sich nochmals um, hob seine Hand und grinste zu mir rüber. Meine Schwestern starrten mich abwartend an. „Und?", riefen sie wie aus einem Mund.

„Was – und", motzte ich mit Absicht richtig ruppig. Dann zog ich die Schultern hoch, drehte die Handflächen nach oben und sagte grinsend „Freunde – einfach Freunde."

„Gott sei Dank, hübscher Bursche ist er ja, aber noch so jung, und unsere Charly erst, viel zu jung", schnatterten sie noch eine Weile durcheinander. Das hörte ich mir nicht mehr länger an, half zur Strafe auch nicht aufräumen und verschwand in meinem Zimmer, zog mir die Bettdecke über den Kopf und fing an zu träumen, sie drängten sich mir einfach auf.

„Charlotte, wollten wir nicht los?" Dieser Weckruf beendete meine Wachträume und wie ein Wiesel sprang ich vom Bett

„Ich komme, Mama, wie spät ist es denn?"

„Gleich um sechs, wir brauchen doch eine halbe Stunde zu Fuß. Für Abendbrot ist es nun zu spät", empfing sie mich lachend an der Treppe, zog ihre Jacke an und ging schon mal vor die Tür. Ich wuschelte im Waschzimmer kurz durch meine Haare.

Die meisten hatte Christel mir ja geklaut. Dann sauste ich meiner Mutter hinterher hakte mich bei ihr unter. Es waren für mich immer die schönsten Stunden, wenn meine Mutter etwas mit mir unternahm, ich hatte sie dann ganz allein für mich, selten genug.

Allerdings dauerte das Alleinsein gar nicht lange. Aus einigen Häusern kamen Dorfbewohner, jeder kannte jeden, und die Gesprächsfetzen schwirrten hin und her, begleiteten uns bis zum Platz. Meine Mutter konnte niemanden davonlaufen, hörte immer zu und gab immer Antworten

Gert und Frank zündeten gerade das Feuer an und nach wenigen Minuten fraßen sich kleine Flammen in den Holzhaufen hinein. Es knackte und knisterte, das Holz war nicht nass geworden wie im letzten Jahr. Da hatte es ewig gedauert, ehe die Flammen hochkamen, und einige Mütter mussten mit den kleineren Kindern schon nach Hause. Andächtig verfolgte ich die wachsenden Flammen, ich liebte den Geruch von verbranntem Holz und Harz.

„Eh, Charly", riss mich Eule aus meiner Andacht, knuffte mich in die Seite, sprang aber gleich einen Meter zurück. Er wusste genau, dass ich das nicht leiden konnte.

„Was ist los?", funkelte ich ihn an und zeigte eine Faust.

Da hob er theatralisch die Arme vors Gesicht und ich musste lachen

„Was soll schon los sein, zu deiner Mutter sollst du kommen, die wartet mit einer Bratwurst am Tisch.

„Danke Eule, sonst noch was?"

„Ach ja, sie hat noch gemeint, wenn ich dich beim Herumspionieren sehen sollte", trompetete er laut heraus und stemmte dabei die Hände in die Seiten.

„Hat sie nicht, du Depp!", schickte ich ihm hinterher, als er schnell flüchtete. Mir war klar, dass der Zusatz von ihm stammte, um mich zu ärgern. Wieso sollte ich mich über diesen Kinderkram ärgern, schmunzelte ich vor mich hin und hielt Ausschau nach meiner Mutti. Da hatte Eule mich aber auf eine Idee gebracht, vom Feuer abgelenkt hatte ich mich noch gar nicht richtig umgesehen. Die Dorffrauen waren eifrig in ihre Gespräche vertieft, an der langen Nachbartafel hockten die Männer wortkarg zusammen und wurden vom Nachwuchs der Feuerwehr mit Getränken versorgt. Am Bierwagen standen die jungen Leute, Männlein und Weiblein durcheinander herum und einige Pärchen schwoften schon auf der Tanzfläche.

So allmählich krabbelte mir mein Igel unter die Haut, nicht mehr so oft, aber gerade eben jetzt. Ich hatte Lässe noch nicht entdeckt, wusste ja, dass er herkommen wollte. Hätte ich zwar auch nichts davon, denke mal, er würde sich kaum mit mir hinhocken und eher bei den Jungen stehen. Genau, und da sah ich ihn schon, mitten im Pulk am Bierstand, fast verdeckt von einer großen Blonden. Die drehte sich gerade um, ach herrje, Marie Grundmann, immer gut für Getuschel im Dorf. Sie nahm sich was und wem sie wollte, tratschten die Alten geringschätzig über sie, genau wie der Alte. Was meinten sie wohl damit, aber was ging es mich an. Ohne mich umzudrehen, lief ich auf die andere Seite des Feuers, das rundherum von den Jungs der Feuerwehr bewacht

124

wurde, aber mein Blick schweifte immer wieder darüber hinweg in eine bestimmte Richtung. Dabei stieß ich mit Leni zusammen, die wie ein verstörtes Huhn umherschaute. Sie hatte mich nicht kommen sehen und starrte mich ganz erschrocken an, als ich sie am Arm packte.

„Hei, Leni, hast du einen Geist gesehen", frotzelte ich und schob sie ein wenig von mir. „Du siehst gar nicht lustig aus, geht's dir nicht gut?"

„Ach hör bloß auf, ich muss auf meine Brüder aufpassen, der Mutti geht's nicht gut und mein Vater kümmert sich einen alten…", brach es aus ihr heraus, zeigte dabei zum Feuer. Dort tobten zwei Bengel herum, kamen dem Feuer viel zu nah und wurden von der Aufsicht gerade zurechtgerückt. Dann war erst mal Ruhe, zwischen uns auch.

„Sag mal Leni", tastete ich mich vorsichtig ran, „man sieht dich kaum noch mit Babsi, ist wohl unsere Clique ganz auseinandergefallen, oder?"

„Ach die", murmelte sie fast unverständlich und knetete ihre blassen Finger dabei.

„Wenn du mal nichts Besseres vorhast, könnten wir uns ja mal wieder am Bunker treffen", lenkte ich sie ab und amüsierte mich kichernd über ihre weit aufgerissenen Augen. „War nur Spaß, du Nuss, am Kreißl" vielleicht, oder wo anders."

„Warum nicht", antwortete sie verhalten, rannte zum Feuer, packte die achtjährigen Zwillinge, die von der Aufsicht wieder weggescheucht werden mussten, und verließ den Platz mit ihnen. Ich hatte mir schon so etwas gedacht, Babsi hing jetzt immer mit

Marlene Bremann zusammen, größtes Bauerngehöft im Ort. Die war ein Jahr älter, musste die siebte Klasse wiederholen und rutsche so in unsere Klasse mit rein.

Die Flammen sanken schon allmählich zusammen und der Platz wurde überschaubarer. Und da sah ich auch Lässe wieder. Etwas näher ging ich am Bierstand vorbei zum Tisch meiner Mutter, die schon Ausschau nach mir hielt.

„Ach Charlotte, da bist du ja, ich gehe jetzt mit Frau Ewers nach Hause, kommst du mit? Wir haben gleich acht."

„Ich kann doch morgen ausschlafen, Mama, ein bisschen würde ich noch bleiben, vielleicht Eule etwas helfen." Der Arme musste wieder mal als Ausrede herhalten.

„Ist gut, aber neun Uhr bist du im Haus!"

„Okay", zwitscherte ich und trollte mich ganz schnell davon. Eule musste ich heute nichts helfen, weil ja die Freiwillige Feuerwehr das alles übernommen hatte. Trotzdem steuerte ich auf den Bierwagen zu und suchte mir ein Fleckchen, von dem ich alles unauffällig beobachten konnte. Was Schlimmes würde garantiert nicht passieren, die Störenfriede waren nicht da und deshalb auch keine Fremden, die hier keiner haben wollte.

Lautes Lachen und Gequatsche schwirrte durch die Luft und wurde von Rauchschwaden über den Platz getragen. Natürlich kreisten auch jede Menge Bierhumpen in der Runde. Alle waren lustig drauf. Bei Lässe hatte ich nicht den Eindruck. Die blonde Marie hing wie eine Klette an ihm. Was soll das, geht dich doch nichts an, mit wem er sich abgibt, grollte ich mit mir selbst, und schaute weg. Außerdem hatte ich Durst bekommen, drängelte mich an den Ausschank und holte mir eine Limonade. Und wieder wanderte mein Blick in die alte Richtung und da hatte er mich entdeckt.

Grinsend hob er die Hand, wollte gerade einen Schritt machen, da baute sich Blondi schon wieder vor ihm auf und wollte ihn wohl zur Tanzfläche zerren. Das reichte mir aber jetzt, schnell trank ich die Limo aus und machte mich auf den Weg nach Hause. Ich hatte es meiner Mutter versprochen. Am Sanitätszelt schaute ich wie ferngesteuert nochmal zurück, gerade in dem Moment, als sich Lässe von Marie Grundmann abwendete und zu Peter lief, der Brandwache am Feuer schob. Und etwas später radelte er, ohne mich zu entdecken, die Dorfstraße hoch. Konnte er auch nicht, ich lief immer auf den kleinen Nebenwegen durch die Gärten nach Hause. Es war auch gut so, dachte ich und sah im selben Moment, wie ein anderes Fahrrad ihm folgte, die wehende blonde Mähne verriet mir auch, wer darauf saß.

Kurz vor unserem Häuschen fing mein Igel unter der Haut derart an zu rollen, dass ich einfach weiterlaufen musste, vorbei an unserer Haustür und in Richtung Wäldchen, bis zum am Siedlungsende.

Mit aller Macht wollte ich meine Gedanken unter Kontrolle bringen und umkehren. Es gelang mir nicht, ging einfach nicht. Ein ganz blödes Gefühl sagte mir, dass ich dort hinmusste. Wenige Minuten später schlich ich den kleinen Waldweg entlang und stand vor Lässes Haus. Beide Fahrräder lehnten am Gartenzaun und Stimmengemurmel drang aus dem Haus. Tief geduckt lief ich zur Frontseite, da war noch ein Fenster und ich wusste, dass am

127

Fensterladen ein Brettchen fehlte und man in die Stube schauen konnte.

Lässe stand mit dem Rücken zu mir und Marie hatte es sich auf dem schon etwas abgewetzten Sofa bequem gemacht. ‚Was mache ich eigentlich hier' schoss es mir durch den Kopf und einige Schweißperlen rollten mir den Rücken runter. ‚Wenn er mich hier entdeckte, oh nein, bloß weg hier'. Aber wie hypnotisiert starrte ich durch den Schlitz. Hielt die Luft an, solange ich konnte, und prägte mir jedes Wort ein.

„Nun komm schon, setzt dich zu mir, hast du vielleicht auch was zu trinken, Wein oder so?"

„Ich habe dich nicht eingeladen, besser du gehst jetzt!", antworte er schroff.

„Nun sei doch nicht so spießig", sie lachte und klopfte auf den Platz neben sich. „Setzt dich doch erst einmal, zu zweit ist es doch viel gemütlicher, wir können doch ein bisschen Spaß haben, oder nicht?", schleimte sie anzüglich, stand auf und griff nach seiner Hand.

„Lass das, verdammt noch mal, was willst du eigentlich von mir?", wehrte sich Lässe und schüttelte ihre Hand ab.

„Na was wohl, dass was du auch willst, du bist doch scharf auf mich, alle sind scharf auf mich", zwitscherte sie, drängte sich von hinten an ihn ran und ihre Hände wanderten über seinen Hintern zur Gürtelschnalle. Ich hielt den Atem an; weg hier, nur weg von hier, hämmerte es in meinem Kopf. Aber ich konnte einfach nicht, hing wie angeklebt an der Bretterwand und starrte weiter durch die kleine Ritze.

„Jetzt reicht es, verschwinde und suche dir einen anderen, ich will dich bestimmt nicht", zischte Lässe ziemlich gereizt, packte sie bei den Handgelenken und schob sie zur Tür.

„Lass mich los, du Blödmann, Aua, was denkst du eigentlich wer du bist, kannst froh sein, dass sich unser eins überhaupt mit dir abgibt", beschimpfte die Blonde ihn aufs Übelste, machte die Tür auf und rannte wütend raus. Und dann knallte die Tür zu.

Mir blieb für einen Moment die Luft weg, dann schlich ich geduckt um das Haus auf den kleinen Waldweg zu. Am liebsten wäre ich rein gegangen. Aber das konnte ich nicht tun, er durfte niemals erfahren, dass ich hier gewesen war. Mit wackligen Beinen aber einem innerlichen Hochgefühl machte ich mich auf den Weg nach Hause.

„Charlotte, du bist aber spät dran, deine Mutter hat schon paar Mal nach dir Ausschau gehalten."
Frau Ewers, die Nachbarin, fing mich vor unserer Haustür ab. Ehe ich etwas erwidern konnte, plapperte sie schon weiter.

„Wo kommst du eigentlich her, das Feuer war auf der anderen Dorfseite, oder?" Gerade ist die Tochter vom Bauer Grundmann hier vorbeigerannt, hast du die denn gar nicht gesehen, wie eine Furie hat die geschimpft, und ausgesehen hat die, die Haare total zerwühlt und ihre Bluse war zerrissen, was war bloß los mit der.

Mir blieb fast der Atem stehen und ich versuchte sie auszuhorchen, aber ganz leise. Meine Mutter sollte das nicht mitkriegen.

„Frau Ewers, was erzählen sie da. Ich habe niemanden gesehen, wo ist die denn hergekommen und vor allem, über was hat die geschimpft?"

„Na ja, genau aus der Richtung wie du und viel verstanden habe ich auch nicht, nur ein paar Worte wie: das wir er mir büßen, das wird ihm leidtun, so ein gemeines Aas…der kann was erleben und so, wem hat die denn da gemeint?"

„Das kann ich ihnen auch nicht sage, Frau Ewers, aber jetzt muss ich, schlafen sie schön", rief ich ihr noch zu, denn gerade ging im Hausflur bei uns das Licht an und meine Mutter stand in der Tür.

„Entschuldige liebe Mutti, bin aufgehalten worden, morgen erzähle ich dir alles, aber jetzt bin ich müde", überfiel ich sie gleich und fiel ihr einfach um den Hals.

„Charlotte, es ist zehn Uhr durch, du weißt, dass ich mir Sorgen mache!"

„Ich weiß, Muttilein, sei nicht böse, bitte, aber jetzt habe ich noch Hunger", schmollte ich, setzte dabei meinen treuesten Dackelblick auf und schmierte mir eine Bemme, dick mit Leberwurst.

Sie schüttelte nur mit dem Kopf, wusste genau, dass ich jetzt nichts erzählen würde. „Dir soll mal einer böse sein, aber morgen will ich alles hören, ich leg mich wieder hin."

Mir fiel ein Stein vom Herzen, aber in meinem Kopf brach jetzt erst mal Chaos aus und alles Erlebte tobte darin herum. Und der letzte Gedanke vor dem Einschlafen war – die hat mit Absicht ihr Fahrrad stehen lassen bei Lässe.

Als ich aufwachte stand die Sonne schon ziemlich hoch, ich hatte verpennt. Aber es war ja Feiertag und keine Schule. Vor dem Haus unterhielten sich Frau Ewers und meine Mutter, sehr laut.

Wie elektrisiert sprang ich aus den Federn. Mein Igel sauste unter der Haut und ich ahnte was, ich wusste nicht was, aber auf jedem Fall nichts Gutes. Mit einem besorgten Gesichtsausdruck stand plötzlich meine Mutter neben mir und fragte ganz leise, „sag mal Charlotte, hast du gestern Lässe gesehen?"

„Na klar, du nicht, er stand mit den anderen am Bierwagen."

„Ja, ich weiß, aber ich meinte eigentlich später, du warst doch noch länger dort."

„Mutti! Was ist los, warum fragst du das?"

„Ja weißt du…, ich kann es ja nicht glauben", druckste sie herum, „aber im Dorf macht es die Runde, man erzählt sich heute Morgen, er habe versucht jemanden zu vergewaltigen."

„Waaaas", schrie ich so laut, dass sie erschrocken zusammen-zuckte und ihr das Brotmesser aus der Hand fiel. „So ein Biest, so eine falsche Schlange, das kann doch nicht wahr sein", brach es aus mir heraus,

„Was weißt du darüber, rede mit mir Charlotte!"

„Später Mama, ich erzähle dir alles später, jetzt muss ich zu Herrn Weller!" Ich stürzte an ihr vorbei auf mein Zimmer, zog mich fertig an und rannte zur Haustür raus.

Überall standen Grüppchen von Dorfbewohnern und disku-tierten. Sie waren so beschäftigt, dass mich niemand bemerkte, aber ich einiges mitbekam. Auf keinem Fall sollte mich jemand ansprechen und so lief ich über meine Schleichwege zu Welles Haus. Mein Herz raste und ich registrierte, das Dorf hatte sich in zwei Lager gespalten! Die einen meinten so: neee, das kann ich mir nicht vorstellen, das macht der nicht, ihr kennt doch alle das blonde Luder, die anderen eiferten dazwischen, hab es immer gesagt, der taucht in der Wurzel nicht…der gehört weggesteckt für immer.

Ich läutete bei Weller und versuchte mich zu beruhigen. Seine Frau ließ mich ein, ihr war klar, weshalb ich kam.

„Charlotte, mein Mann ist nicht da. Du hast es wohl schon gehört. Ich glaube nicht, dass das so stimmt. Aber Herr Grundmann war mit seiner Tochter gestern Nacht noch hier und erstatte Anzeige. Er musste darauf reagieren. Mit seinem Kollegen aus Burgsdorf holte er Lars heute früh sehr zeitig ab und sie sind in die Kreisstadt auf das Kommissariat gefahren. Jetzt ist er auf dem Gemeindeamt, aber ich denke, in einer Stunde ist er wieder da."

Ich brachte kein Wort hervor, der Schock saß zu tief. Frau Weller schaute mich mitfühlend an. „Möchtest du vielleicht…?

„Nein, komme noch mal wieder, rede nur mit Welle." Der Spitzname war mir so rausgerutscht, aber Frau Weller schmunzelte nur.

Ziellos lief ich draußen herum, musste meinen Kopf frei kriegen, mich an jedes Detail genau erinnern. Dabei war ich sehr darauf bedacht, niemandem zu begegnen, mit keinem Menschen wollte ich über diese Sache reden, außer mit Welle.

Genau nach einer Stunde saß ich ihm im Arbeitszimmer gegenüber und schwieg. Er musterte mich eingehend und als er merkte, dass ich nicht den Anfang machen wollte, stand er auf. Die Hände über dem Rücken verschränkt stampfte er hin und her und ich dachte nur, gleich platzen ihm die Knöpfe an der Weste, so straff war sie über seinem Leib gespannt. Plötzlich blieb er ruckartig vor mir stehen und nahm mich mit stechendem Blick ins Visier.

„Also, es steht Aussage gegen Aussage. Aber die belastenden Indizien sind schwerwiegend: er hatte auf dem Platz lange Kontakt mit ihr, die zerrissene Bluse, das zerzauste Haar, die blauen Flecke an den Handgelenken und nicht zuletzt das Fahrrad vor seinem Haus, das wir heute früh selbst noch gesehen haben."

Abrupt endete er und sprach leise weiter. „Eigentlich dürfte ich dir das gar nicht erzählen. Aber ich ahne, dass du es sowieso alles schon weißt. Jetzt möchte ich wissen woher! Sonst sehe ich keinen Weg, wie ich Lässe helfen könnte."

Frau Weller brachte uns Getränke, schloss dann leise wieder die Tür und ich atmete tief durch.

Sehr deutlich sah ich die Bilder vom Vorabend vor mir und fing an zu erzählen. Keine Vermutungen, keine Unterstellungen, nur das, was ich selbst erlebt, gehört und gesehen hatte. Ich schilderte die Beobachtungen auf dem Platz, wie er dann allein mit dem Fahrrad los ist, dass sie ihm sofort gefolgt war und fast wortwörtlich, was sich in der Stube abgespielt hatte. Und vor allem das Gespräch mit unserer Nachbarin Frau Ewers erzählte ich Wort für Wort.

Welle notierte sich einiges, klappte den Block zu und sah mich prüfend an. „So, ich habe jetzt zu tun!"

Aber ich rührte mich nicht vom Fleck und ließ ihn nicht aus den Augen.

„Ist ja schon gut", reagierte er lächelnd darauf. „Mein Kollege aus Burgdorf und ich haben Lässe frühzeitig aus dem Bett geholt.

133

Er war sehr überrascht und anschließend wütend. Wir wollten ihn aus der Schusslinie bringen, haben ihn nach Freibergen geschafft und in zwei Tagen wird er dem Haftrichter vorgeführt. Also du siehst, ich habe zu tun. Und du sprichst mit niemanden darüber, wenn du reden musst, dann nur mit deiner Mutter, klar!"

„Ist klar! Eins noch, ich gehe überall mit hin und sage aus, genauso wie ich es ihnen erzählt habe war es."

Der Weg nach Hause schien endlos und ich kam am „Eulenwirt" vorbei. Die Stimmung war aufgeheizt. Als die Tür aufging, schnappte ich ein paar Worte auf wie zum Beispiel: das glaub ich nicht, die rennt doch jedem hinterher, man kann den Leuten nur vor den Kopp gucken und so was ähnliches. Am liebsten hätte ich reinen Tisch gemacht. Das ging wohl nicht. Aber ich vertraute Herrn Weller und der Gedanke beruhigte mich ein wenig, vor allem, als kurz darauf sein Jeep vor unserem Nachbarhaus stand. In der Schule konnte mich keiner in ein Gespräch verwickeln. Und wenn es jemand versuchte und mich dabei ansah, hörte er von selbst wieder auf, das galt auch für Eule.

Drei Tage später stand Herr Weller vor unserer Tür und grinste mich breit an. Zufällig war Christel auch da und zu viert hockten wir am Küchentisch. Er ließ sich Zeit und sagte nur das Nötigste, spannte uns ganz schön auf die Folter.

„Also, es verhält sich so. die Sache ist aus der Welt. Deine Angaben und einige Zeugenaussagen deckten sich haargenau mit Lässes Aussagen. Darauf wurde das Mädchen mit ihrem Vater nach Freibergen vorgeladen und mit allen zusammengetragenen Fakten konfrontiert. Auch mit einer Strafandrohung bei falscher

Beschuldigung oder Verleumdung. Ihr Vater schien ihr geglaubt zu haben und wurde sehr ungehalten, als sie zugab, alles erfunden zu haben. Sie wollte dem Kerl, der sie einfach so abgewiesen hatte, nur eins auswischen. Die Anklage wurde zurückgezogen. Und da Lässe auf eine Gegenklage verzichtete konnten wir dich ganz raushalten, Charlotte."

„Charlotte, was du so alles erlebst", unterbrach Christel die Stille im Raum. Vor Staunen hatte sie große Augen bekommen und später musste ich ihr die Geschichte noch einmal haargenau erzählen. Meiner Mutter hatte ich sie schon gebeichtet, als ich von unserem Sheriff zurückkam und mir die ganze Anspannung weg heulte.

„Ja, ja, unsre Charly", lachte Herr Weller und quälte sich ächzend vom Küchenstuhl hoch mit seinen Pfunden. „Dich möchte ich nicht zum Feind haben, aber als Schutzengel schon, Lässe würde es sicher bestätigen, denke ich, und nicht zum ersten Mal. Aber jetzt muss ich wieder", verabschiedete er sich und ich begleitete ihn zur Tür. Eigentlich hatte ich so viele Fragen, brachte aber kein Wort heraus. Bevor er zum Jeep ging, stoppte er noch mal und sah mir in die Augen.

„Er ist er wieder in seiner Wohngruppe und es geht ihm einigermaßen. Wenn du mal was wissen willst, oder mit ihm Kontakt aufnehmen willst, brauchst du mich nur zu fragen." Er schmunzelte in sich rein und quälte sich hinters Steuer.

Er hatte tatsächlich wieder meine Gedanken lesen können. Ich hob die linke Hand und in der rechten Faust drückte ich ganz fest einen kleinen Holzigel.

Am Freitagmorgen, noch vor der Schule, radelte ich zur Bäckerei. Für meine Mutter sollte ich 20 Semmeln holen, die sie für einige hilfsbedürftige Leutchen im Dorf jedes Wochenende besorgte, vorbestellt waren sie schon. Als ich das Fahrrad abstellte und den ziemlich vollen Laden betrat, schwirrten mir Wortfetzen um die Ohren, natürlich ging es um den letzten Skandal im Dorf.

„Ich habe doch immer schon gesagt, dass ist ein netter, anständiger Junge", posaunte Frau Nachtigall geradeheraus und drehte sich zu mir um, „oder Charlotte, hab ich doch recht, du kennst ihn ja besser?"

„Klar, ich weiß das, kenne ihn ganz gut", antwortete ich laut und grinste sie dabei honigsüß an, „aber vor drei Tagen noch meinten so einige im Dorf, er gehöre weggesperrt und das für immer, oder Frau Nachtigall?"

Ihr Gesichtszüge fielen zusammen wie eine vertrocknete Pflaume. Wortlos schnappte sie sich die Brötchentüte von der Verkaufstheke und drängelte sich zur Tür, warf mir dabei einen unfreundlichen Blick zu. Hinter meinem Rücken kicherten einige junge Frauen. Sie konnten sich ein Schmunzeln nicht verkneifen, als ich den Laden verließ

Es war wie immer. Jeder rückte sich alles zurecht, so wie er es gerade haben wollte', dachte ich nur und trat in die Pedale, meine Mutter wartete. Aber ich wusste, auf wem ich mich verlassen konnte

EPILOG

Liebe Charly - einzige Freundin!

Du hast mich mal wieder gerettet; wieder mal! Ich weiß nicht, wie ich dir das jemals gut machen kann. Fast ein Jahr ist seitdem vergangen und genau so lange habe ich gebraucht, um endlich den Mut aufzubringen, mich bei dir zu melden, mich zu entschuldigen und dir zu danken.

Ich hatte schon viel Mist gebaut, aber so eine Sache, die war krass. Wenn du nicht gewesen wärst, würde ich dir wahrscheinlich aus dem Knast schreiben, oder, denke ich mal, überhaupt nicht schreiben.

Das blonde Luder hatte mich ganz schön reingerissen, da sage noch mal einer, die Blonden sind doof. Und ihre verletzte Eitelkeit hätte mich fast wieder zu Fall gebracht, nicht auszudenken.

Aber eins würde mich interessieren. Warum hast du kleine Kröte mir eigentlich hinterher spioniert? Gott sei Dank! Auch wenn ich die Antwort ahne, kannst du mir das trotzdem irgendwann mal erklären. Nach Beeshain zieht mich wirklich nichts mehr. Sei mir nicht böse. Mein Häuschen hat die Gemeinde schon weitergereicht, verpachtet, mit meinem Einverständnis.

Ansonsten hat mir das Dorf nicht viel Glück gebracht. Nimm das bitte nicht persönlich. Vielleicht stellst du meiner Mutter mal ein paar Blumen ans Grab von mir. Dafür wäre ich dir sehr dankbar. Die Pflege hat die Gemeinde übernommen, das ist sogar schriftlich festgehalten im Abtretungsvertrag des Hauses und wird mit verrechnet für einige Jahre.

Über alles andere z.B. die Ziecklers und so, hat mich bis jetzt Welle auf dem Laufenden gehalten. Er ist ein prima Kerl, eine Ausnahme.

Was mich betrifft, geht alles seinen Gang. Ich bin noch in der Wohngruppe und habe auch die Lehrstelle bekommen. Nicht zuletzt dank dir.

In jeder freien Minute schraube ich aus allen möglichen Ersatzteilen meine eigene Maschine zusammen. Sind Motorräder noch dein Hobby? Darüber konnten wir uns tatsächlich noch nicht unterhalten. Aber irgendwann, das weiß ich.

Möchtest du von mir irgendetwas erfahren, frage Welle, er ist immer informiert, so wie ein Bewährungshelfer.

Jetzt fällt mir nichts mehr ein. Ich wüsste auch gar nicht, dass ich jemals einen Brief geschrieben hätte. Es gibt für alles ein erstes Mal, oder? Grüße an deine Mutter und Schwestern. Ihr seid eine tolle Familie.

Ich umarme dich in Gedanken, dein Freund Lässe

Lieber Lässe!

Das wurde aber auch Zeit. Bis zu einem Jahr hatte ich dir gegeben, dann hätte ich dir Blondi auf den Hals geschickt. Vielleicht auch nicht. Ich weiß ja nicht, wie du gerade tickst. Kann ja sein, du bist solo und hättest sie diesmal genommen. Der Gedanke widerstrebt mir immer noch.

Aber Spaß beiseite. Ich habe mich sehr über deine Zeilen gefreut und eigentlich nicht damit gerechnet. Natürlich könnte ich Welle über dich ausfragen. Er wird sich schon wundern, dass ich es noch nicht getan habe. Seine Blicke sagen mir das. Ich bin mir sicher, dass er meine Gedanken lesen kann, schon immer. Ich habe es mit Absicht nicht getan, wollte dich mit aller Gewalt aus meinem Inneren entfernen, nach dem Motto – aus den Augen, aus dem Sinn. Gerade jetzt, wo deine Zeilen vor mir liegen, bin ich mir sicher; dass es wohl nie gelingen wird.

Du wirst jetzt sicher lächeln, wenn du das liest. Aber es stimmt, du warst meine erste große Liebe. Ob du es immer noch bist, werde ich herausfinden, wer weiß, wer weiß, ich feiere im September meinen 16. Geburtstag.

Meine große Liebe im Moment, das wird dich sicher freuen, sind die Motorräder und alles, was damit zu tun hat. Ich bin in die GST eingetreten und verbringe den größten Teil meiner Freizeit damit. In wenigen Tagen fahre ich das erste Mal mit einer Touren AWO auf dem Übungsplatz. Es kann ja nicht viel passieren, die hat einen Beiwagen. Mein Traum ist eine Java 125, aber eine ES

150 tut es auch. Vielleicht lachst du jetzt darüber, aber du weißt, was ich mir vornehme, ziehe ich durch.

Bei deiner Mutter schaue ich ab und zu vorbei. Meist habe ich da meinen Tag der großen Gefühle und du spielst immer noch eine Rolle mit. Zum Glück passiert das nicht allzu oft.

Es wäre trotzdem toll, wenn wir uns einmal an ihrem Grab treffen würden, das bist du ihr schon schuldig. Komme aber dann bitte nicht mit einer Freundin, dann erschieße ich dich. Ich muss jetzt Schluss machen, mein Igel rollt sich wie verrückt unter meiner Haut. Bleib gesund, ich drücke dich genau so fest, wie meinen kleinen Igel in der Hand.

Deine Freundin Charly

Der Traum

Ich stieg von meinem Motorrad und legte den Helm zur Seite. Dann drehte ich mich um und sah ihn stehen. Bewegungslos starrte er mir mit leicht geöffneten Mund entgegen.

Kurz vor ihm verharrte ich und erlebte etwas unbeschreiblich Schönes. Noch nie hatte ich in solche Augen gesehen, blau-grün, abgrundtief wie ein aufgewühlter Ozean. Die hohen Wellen schlugen an die Felsen und schäumende weiße Gicht glättete sie wieder.

Ich legte meine Arme um seinen Hals und meine Lippen auf seinen Mund. Er umschlang mich und ich schwebte mit ihm in die endlose Tiefe des smaragdgrünen Meeres.

Ich fühlte Wärme, hörte den leisen Gesang der Wellen, roch Benzin und schmeckte liebliches Öl und feinen Tabak.

„Charly, du musst aufstehen, dein Bus fährt gleich."
Jemand schüttelte mich an den Schultern und eine laute Stimme riss mich brutal aus meinem Traum. Ich schaute in das lachende Gesicht meiner Mutter und da wurde mir klar:

„Ich muss Lässe besuchen! Ich muss es herausfinden!"

Mai 1967

20 Jahre später--------Charly 2 –Wenn Träume wahr werden